# 肉の監獄

上

マルムス

【表紙・絵】 田野 敦司

# プロローグ

あれは僕が五歳の頃、父が転倒事故に遭って、神戸市中央区の、とある外科病院に入院した時の事だった。その病院は、急な勾配の坂道にしがみつく様にして建っていて、坂道の北側には古い木造の病舎が、そして、細い路地を挟んで南側には、鉄筋コンクリートの新しい病舎が建っていた。僕の父は、古い木造病舎二階の個室に入院している。その日、僕は、母と二人で、父に差し入れる為の弁当を携え、父の居る、その古い木造病舎の個室を訪れた。

父が、余り使われていない木造病舎の個室に入っているのには訳がある。それは、父の見舞いに訪れる連中の人品骨柄が、一般の堅気の人達には、凡そ受け入れ難い、悪辣なる雰囲気を醸し出している所為だ。

母が用意した五段積みの弁当が、殺伐とした雰囲気の中、その人品骨柄怪しい連中と僕らで食べ尽くされた頃、僕は、喉の渇きを覚え、母に小銭をせがみ、売店に飲み物を買いに行くため個室を出た。日用品の売店は古い木造病舎には無く、新しい病舎まで行かねば飲み物は買えない。僕は、母から貰った小銭を握りしめ、個室の扉を開け、廊下に出た。

新しい病舎に行くには二つのルートがある。ひとつは、この様に古い病舎の出口から一旦、外に出て、路地の前を通り、新しい病舎の正面入口から入るルート。そしてもうひとつは、室内の階段で地下に降り、路地の下をトンネルの様にして掘られている連絡路を通り、地下から階上に登るルート。

僕は、必ずいつも、一旦、外に出て正面玄関から入るルートを選択する。それは何故か、それは地下の連絡路の途中には、薄気味の悪い、死体安置室があるからだ。僕はギシギシと軋む木の階段を降り、木造病舎の裏口から路地に出て、新しい病舎の正面玄関へと向かい、歩いて行った。

新しい病舎でジュースを買って帰ろうとすると、ちょうど喫茶室に設置されているテレビがアニメ番組を放映していて、そのアニメ番組が僕の足を留めている最中に、アクシデントは起こっていた。アニメが終わり、僕が飲み終えたジュースの空き缶をゴミ箱に捨て、出入り口の自動ドアに向かって歩いて行くと、ついさっきまでは何もなかった自動ドアが閉鎖されており、その前で、二人の作業員が何かの作業をしている。困った僕は、その作業員に、古い病舎に帰りたいという旨を伝える。しかし、作業は、いましがたドアのモーターやら何やらの部品を解体し終えたところの様で、作業員は、さも申し訳ないと云う風な顔つきで、僕の肩に手を回し、そして、僕にこう言った。

「ごめんなぁボク、今、ここ工事してて、通られへんねゎ、悪いけど、地下にエレベーターで下りて、地下の通路から帰ってくれへんかなぁ」

僕は、古くなってしまった蛍光灯の、少し黄ばみ掛かった、湿っぽい光の漂う通路にある、あの薄気味の悪い、死体安置室の前を通らねばならなくなった。

地下に降りてその廊下を進んで行くと、両側には、今のようなアルミサッシではなく、古い木枠の窓と扉が、ぽつりぽつりと並んでいる。地下の饐えた匂いに消毒液の匂いが入り混じり、そこは一種独特の空間を造り出している。僕は、亜麻色の、よく磨き上げられたリノリウムの廊下を歩いて行く。すると、廊下の中ほどに、当時の病院ではよく見かけられた、背凭れのない長椅子と、足の長い灰皿が置かれていて、そこに一人、小さな人影が、俯いたまま、身じろぎもせず座っているのが見える。僕は、僅かな緊張感と共に、そこに向かって歩いて行った。

それは多分、自分と同じ年頃の少女の様に、僕には見えた。髪は決して長くは無い。しかし、肩の辺りまで真っすぐで、素直な黒い髪が伸びている。青磁色のワンピースの襟と裾は、白いレースのフリルが飾っていて、その裾から覗いている白い丸みのある脹脛《ふくらはぎ》は、その彼女の幼さを端的に伝えていた。

僕は、足を留め、彼女の正面に立つ。それは不思議な光景だった。彼女の肌は、蛍の様な淡い緑の光を発していて、その蛍光色の光が滲む彼女の顔には、まったくもって凹凸を感じられないのだ。否、それは顔である。目は切れ長の一重瞼で、鼻筋は華奢に通り、唇は薄く横に長く、そして、幽《う》っすらとした微笑さえ湛えているのだ。確かに、それは顔なのである。しかし、その顔には、それが確かにこの空間に存在していると云う質感とも言うべき何かが、欠落してしまっている。硝子越しに、否、テレビ画面や、モニター画面越しに物を見ている様な、そんな、現実味の欠けた質感を伴うディテールが其処にあった。

彼女の目は僕に向けられたていながら、些細《ちっと》も僕を見ていない。まるで焦点の定まらぬ瞳孔は大きく開いたままで、彼女は、殆ど、その微笑みを湛えた薄い唇を動かす事なく、その言葉の裏に祟りが張り付いた様な声で僕に言った。

「死んで仕舞えばいいのに」

目次

# 第一章　記憶

## ―一―

僕の記憶にある最初の父は、まだ伸びきらない、半端な坊主頭に制帽を被り、肩幅の広い父には、少しばかり窮屈な、小さめの紺のブレザーを着ている。そして、手に鳥の羽根で出来た埃取りを持ち、その埃取りで、黒光りするタクシーの埃を払っている、そんな姿だった。そう云えば、あのタクシー会社の面接には、父と、母と、僕の三人で行った事を、なんとなく覚えている。合成皮革の照か照かと光る茶色い三点セットのソファーには、白いレースのカバーが掛けてあり、そのカバーが、煙草の煙で煤けた脂《やに》に変色していた。どことなく卑屈な笑顔の母が、「そうですね」「はあ」「そうですか」などとペコペコ頭を下げている横であの父が、「はい」「わかりました」「はい」と、言葉少なではあるけれど、父にとっては、あれが満面の愛想笑いだったのだろう、それは、随分と畏まって、面接官のおじさんの問い掛けに返事を返していた。面接官のおじさんは、眉毛が異常に太く、頭髪も墨で描いたかのように黒々としていて、彼のテカテカに磨き上げられた黒いエナメルの靴は、やけに印象的だった。おじさんは、終始笑顔で、そして額に汗を光らせて、一生懸命に、父と母に、色々な事を説明していた。

そんな三人の横で僕はと云えば、ショートパンツから伸びる生足の太股を、ソファーに押し当てながら横に滑らせると、ぶりっ、ぶりぶりっと、屁の様な音が鳴るのが楽しくて、ずっと、そうやって、ぶりぶり、ぶりぶり、とやりながら皆の横で遊んでいた。面接が一通り終了するとおじさんが、「それ、そないにおもろいんか」と僕に質問をしてきた。僕は、声を出さずに首だけで、コクリとおじさんに頷いてみせた。

「あはは、そうか、ちょっと待っときこ」

おじさんは立ち上がり、自分のデスクに向かうと、引き出しを開け、何かを取り出し、僕のところに戻ってきた。

「お嬢ちゃん、何歳や」

おじさんは僕に歳を尋ねてきた。僕は、また声は出さずに、右手の指を三本たて、おじさんの質問に答えて見せた。すると、横に座っていた母が慌てて訂正をする。

「すいません、この子、あの、男の子なんです」

おじさんは酷く驚愕《びっくり》した。

「なんや、えらい色は白いし、お人形さんみたいやから、おっちゃん、女の子やと思うてたわ」

おじさんはそう言いながら、僕に森永製菓のミルクキャラメルを一箱、手渡してくれた。僕は、今度はちゃんと声に出し、おじさんに、「ありがとう」とお礼を言った。

あの頃の父は、まだ、よく笑っていたように思う。顔は、餓えに痩せたゴリラの様に貧相と云うか、柄が悪いと云うのか、その凶悪な面持ちは、元々の職業を、少しの説明も必要としないほど、顔で物語っているのだけれど、それでも、僕が知っている最初の父、刑務所から帰ったばかりの父、極道から足を洗って、母に堅気でやって行くと約束した一番最初の父は、それは、ほんの僅かな間ではあったのだけれど、確かまだ、笑っていた様に思う。

僕がまだ、母のお腹の中に居る時、父が、どの様な罪を犯して刑務所に入ったのか、僕は明瞭《はっきり》と知らない。風に聞いた話しによると、怒りに任せて、人様を刃物で傷つけた事による傷害罪であったようだ。父が逮捕された時、僕は、何ヶ月位まで母の体内で育っていたのだろう。母に、中絶をすると云う選択肢はなかったのだろうか。母は、父が服役中に、一人で僕を産んだ。しかし、母が僕を産んだのは、僕を愛していたと云うのではなく、矢張り、それは、父を愛していたからなのだろう。人様を凶器で傷つけ、刑務所に堕ちた犯罪者の男を待ち、その男の子供を産むなど、余程の決心があるか、馬鹿でなければ出来ない。そう、母は馬鹿だった。馬鹿が付くほど、あんな父を愛していた。だから、僕は、この世界に、産まれたんだ。

――二――

父は仮釈放中、保護観察期間を上手く切り抜けるため、職に就かねばならなかった。そこで父が選んだのが、タクシー乗務員の仕事である。タクシーを運転する為には、普通二種免許が必要になるのだが、当時のタクシー会社は、今では考えられないほどに人手不足であり、常に営業車が余っている状態だった。よって、二種免許を所持している人だけを対象とし、求人を行っていたのでは、とてもではないが乗務員の確保が出来ない。そこでタクシー会社が考案したのが、養成二種と云う雇用制度である。

この制度を利用すると、給料を貰いながら免許を習得出来るうえに、会社によっては、当面の生活費を支度金として支給し、場合によっては、社宅や、単身寮まで準備してくれる。つまり、身寄りや保護者もなく、刑務所から出て来たような輩にとっては、正に打って付けの雇用制度であり、その為、昔のタクシー会社は、そういった人々の温床になっていた節がある。

父も、刑務所内で周りからこの話を聴き、この制度を利用して職に就いたわけだが、至れり尽くせりのこの制度、ひとつだけ、大きな落とし穴がある。それは、相当期間（三年程度）就労して初めて、免許の習得費用や支度金がペイになると云うもので、もし、その期間内に会社を退職した場合、それら援助を受けた資金は、全て会社に返金しなければならないと云う決まりだった。

保護観察期間が終わると、父は途端に仕事に行かなくなった。最初は風邪だと二日、三日、それを過ぎると、今度は無断欠勤、母がどんなに願っても、父はそれに耳を貸さなかった。

「わしはなぁ、人に雇われて仕事なんか出来る人間とちゃうんじゃ」

母の懇願に逆ギレして暴れる父、殴られて泣いている母。周りの反対を押し切り、極道の父と所帯を持ち、望まれもせぬ子を孕んだかと思えば、直ぐに、父は犯罪者となり、獄中の人となった。母は一人で僕を産んで、一人で僕を育てねばならなかった。それでも母は父の帰りを待った。やっと出獄して、仕事も落ち着いたかと思えば、父はまた、昔の極道に逆戻りしてしまう。情けなかったろうと思う。悔しかったろうと思う。それなのに母は、父から離れる事が出来なかった。

こうして、父の、一生に一度の就職は、それっきりで終わった。母がどうやって会社に返すお金を都合したのか、それは、僕には分からない。がしかし、借り逃げをした父の代わりに、母は自分でお金を都合し、小さな僕の手を引き、あのおじさんの会社にお金を返しに行った。おじさんはとても不機嫌だった。おじさんの前で頭を下げ、うなだれる母の横で、僕が以前の様にしてまた、ぶりぶりと遊んでいると

「うるさいんじゃこのくそガキ、静かにせんかい」
僕は、あの優しいと思っていたおじさんに、酷く怒鳴られた。

――三――

父の正夫は、終戦間もない神戸で生まれた。父方の祖母の事を、僕はバーバンと呼んでいた。バーバンとは何度か会った記憶はあるのだけれど、僕の記憶にあるバーバンは、既に皮膚は干からび、目には黄疸が出ていて、もうすっかり、酒と薬物で肝臓が冒され、作り物の人形の様に、どす黒い顔色をしていた。病室に酒を持ち込み、看護師に隠れてコップ酒を呷《あお》っている、そんなバーバンの姿しか、僕は知らない。

程なくしてバーバンは、僕の記憶から消えていった。僕にとってバーバンは、当時、子供達の間で流行っていた、ミクロマンと云うおもちゃを、一度きり、買ってくれた、それだけの人でしかなかった。

父方の祖父に至っては、どこの誰かも分からないらしく、所謂、行きずりの関係と言われるものだった様だ。しかし、バーバンは何故、その様な相手の子供を産もうと考えたのか。今となっては、もう、そんなものを調べる縁《よすが》もないが、兎も角、父は、そんな環境の中でこの世に産まれた。

父が産まれてすぐ、バーバンには男が出来たそうだ。そして、その男は、随分と父を疎んじたらしい。バーバンは、産まれて間もない父を、自分の母、コシマに預け、それっきり、父を引き取りには来なかったそうだ。

僕が物心付いた頃、コシマ婆ちゃんは、親戚の矢野のおっちゃんと、おばちゃんと、その娘の裕美ちゃんの四人で暮らしていた。コシマ婆ちゃんはとっても小さくて、そして、とっても皺くちゃで、何時も、玄関を入ってひとつ目の部屋にある仏壇の前にちょこんと座っていた。あれは、僕が十歳の頃、ある朝、コシマ婆ちゃんの訃報が届いた。

「あんた、早よ、服着替えな間に合わへんよ」

その日、父はいつもの様に、上半身は裸で、ジーンズだけを履き、サイドボードの抽斗に仕舞ってある改造拳銃を引っ張り出し、一丁ずつ、丁寧に油を差し、手入れをしていた。

「行かへん言うとるやろ」

父は、母の方には見向きもせず、背中越しに、投げやりな返事をする。

「あんた、ほんまにそれでええの、今日で最後やねんで、もう会われへんねんで、分かっとん」

「行けへん言うたら行けへんねや」

「あんた、どない恨んでる言うたかて、あんたの事、育ててくれた人やねんで、えの、ホンマにそれでええの」

その日の母は、母にしては珍しく感情的に父に食い下がった。何時もなら、事なかれ主義の母は、直ぐに折れて父の意見を通してしまうと云うのに、この日だけは、何故か父の意見を聞き入れようとはしなかった。結局、母に押し切られた形で、父は、母が知人に借りて来て用意していた喪服に袖を通す事となり、僕ら家族四人は、親戚の集まる葬祭場へと向かった。斎場に到着すると、喪主である父は壇上に立たされた。しかし、碌な挨拶も出来ない父は、直ぐに矢野のおっちゃんにマイクを譲り、不貞腐《ふてくさ》れた様にして、只だらしなく矢野のおっちゃんの横に立っているばかりある。

「わしがこんな人間になってしもたんはな、全部あのババアの所為なんじゃ」
そう言えば、父は、何時も、コシマ婆ちゃんの悪口を言っていた。

――四――

終戦直後、空襲に曝され焦土と化していた神戸の街には、一日でも早く街を復興させる為に特例法が施されていた。土地の所有者の殆どが生きているのか、死んでいるのか分からない現状、その土地の所有権が生きているままだと、建物を速やかに建築することが出来ない。そこで国は、建物を建設する為の一定の要件を満たしている者に対して、所有者の生死が判然としない土地の再登記を認めたのである。それは当時、其処に生き残っている者にとっては、大きなチャンスだった。正に切り取り御免、早い者勝ちの国盗りゲームである。コシマはこれにより、焼け野原の神戸でチャンスを掴み、次第にその頭角を現していった。元々、戦前から麻薬や売春など、闇のビジネスに精通していたコシマは、その国が定める要件と云うやつを巧く揃え、片っ端から神戸の土地を、自分の登記に書き換えていった。

　しかし、土地の所有者の中には、命からがら戦地から帰国する者や、そんな法令が発令されている事など露も知らず、自分の土地と思しき辺りにバラックを建て、暮らしている者も居る。当然のことながら、そんな人々にとって、コシマは火事場ドロボー以外のなにものでもない。時は戦後のドサクサの中である。その争いは命の取り合いになるほどに苛烈を極めた。もちろん、生まれ付いて小柄な女性であるコシマに、そんな暴力沙汰を勝ち抜く腕力など、あろうはずがない。そこでコシマが力と頼んだのが、「初代海口組」、暴力団の存在だった。

　この時、コシマが儲けた莫大な資金が、創生期の海口組に、多く流れている。どうやら、これを契機《きっかけ》に、コシマと、海口組との、切っても切れない関係が生まれてしまった様だ。戦後の鬼畜女、そんなコシマに、父は育てられた。

「正夫はな、産まれて来る時に、母親の腹の中へ、大事なもん、全部忘れて来てしもたんや」

　しかし、そんなコシマにさえ、父はその様に言われていたそうだ。

　例えば、獣が食べ物を奪い合う際、相手が可哀想であるだとか、相手を思い遣る様な、そんな感情は存在しないだろうし、獣は互いに、自分の目の前にある食べ物を食べたいという欲求に従い、食べ物を奪いあう。そして、どちらか、力の強い方が暴力で食べ物を勝ち取る。要するに、獣にとっては、力関係だけが全てであり、強い者が正義なのである。この弱肉強食は、全ての生物の本能に刻まれた原理的なものだ。しかし、人間に至って、初めて動物は、弱者を救済することを美徳と受け止める様になった。僕は、こんな話を聞いた事がある。

三匹の猿の親子が川を泳いで渡っていた。母猿は赤ちゃん猿を抱き、その後を追う様に兄猿が泳いでいた。三匹が、川の中ほどに来た時の事である。突然、兄猿が足でもつらせたのか、バシャバシャと溺れ始めた。母猿は、赤ちゃんを抱いている為、容易に兄猿を助けに行く事が出来ない。

このシチュエーションに、人間の道徳観を当てはめた場合、どんな答えが得られるだろう。

恐らくは、母猿が身を犠牲にしてでも二匹を助けようとするか、最悪、幼い赤ちゃん猿だけでも救おうとするのが、人間の道徳観ではないだろうか。

人間ならば、この時、酷く、躊躇や葛藤がある筈である。しかし、猿はそこで、躊躇したり、葛藤したりはしないのである。何故ならば、猿は、人間の持つ道徳観など、これっぽっちも持ち合わせていないからである。猿が頼りにするのは、倫理でもなく、道徳でもなく、本能と云うものである。本能が用意した答えは、赤ちゃん猿を即座に投げ捨て、兄猿だけを助けると云う選択肢。野生の場合、より生き残る可能性の高い生命の方が優先される様だ。

人間の倫理、道徳観に照らせば、この母猿の行動は、極めて冷淡なものと判断されるだろう。それは、人間には、人道（ヒューマニズム）と云うものがあり、それを美徳としているからである。

人間は、効率的に種を保存するために、小さなコミュニティを、幾つも幾つもつなぎ合わせ、この社会と云うものを創り上げてきた。しかし、そんな社会と云うものを上手く機能させる上で、人間は、個体としてのある部分を抑圧し、犠牲にすることを迫られた。それは、本能に由来する部分である。

人間という生き物が、社会の中で、誰しもが人権を保障され、平等に生活していく為には、本能の赴くまま行動する事は絶対に許されない。誰しもが、某かの部分で本能的振る舞いを抑圧されなければならず、そしてそれが、延々と世代を超え、強要され続けるのである。人間は、その強要の中で、この社会を発展させて来た。その結果、人間の持つ本能は、ある部分が壊れてしまった。従って、心理学などでは、人間は、本能の壊れた生き物だと考えられている。

しかし、本能が壊れたままでは、人間は生き物として種を保存していくことが出来ない。そこで、人間が本能の代わりに発達させてきたものが、「心」であり、「愛」と云うものなのである。父は、どうやらこの「心」、或いは「愛」と云うものを、母親の腹の中に忘れてきてしまったのかもしれない。父の行動を、人間の倫理道徳、人間と云う生き物の括りで理解する事は、まず不可能だし、それほどに、それはある意味、病的(サイコレプシー)なまでに、父は心を持たない人だった。

父が子供の頃、隣の家の倅が、当時、画期的だった牛乳配達で、牛乳を摂る事を始めた。父はそれがたいそう羨ましかったそうだ。父はコシマに対して、我が家にも牛乳配達をと要求した。しかし、コシマはその要求を受け入れなかった。

父は欲しい物は欲しがり、やりたい事はやりたがり、決して我慢をすると云うことがない。牛乳配達を断られてから三日後、隣の奥さんがコシマのところに苦情を言いにきた。

「すいません、お宅のお子さん、家の牛乳、全部盗んで飲んでしまうんですけど、なんとかしてくれないと、警察を呼びますよ」

「わしはなぁ、別に黙って盗っ人するんちゃうぞ、一回はババアに買うてくれて頼むんや、そやけんど、ババアがうん言わんから、盗っ人したるんや、ほんなら、あのババア、慌てて頼んだもん買うて来よるからの」

食べ物でも、玩具でも、欲しい物はなんでも暴力で奪うか盗んで来る。後でコシマが、金で解決に行く。それの繰り返しだったそうだ。

子供の頃はまだそれで済んでいた。しかし、小学校も高学年になると、やる事も派手になり、段々とそれでは済まなくなって来る。そして、中学に上がって直ぐ、父は窃盗、恐喝、傷害の罪で、初等少年院に一年間送致された。少年院から戻った父は、逃げ惑うコシマに殴る蹴るの乱暴を加え、そしてコシマを罵り、脅しあげた。

「こら、ババア、おんどれが金出し渋るさかい、わしがこないして、ポリにパクられるんやろがい」

それ以来、父が朝目覚めると、枕元には、当時のお金で一万円が、毎日置かれる様になった。一万円と言えば、当時のサラリーマンが手にする十日分の給料に相当する。父の盗みはこれですっかり治まった。しかし、これで父の金銭感覚は破滅的に狂う事になる。父は自分に逆らう者を徹底的に暴力で潰していった。そして、自分に尻尾を振る者には、金にものを言わせて抱き込んでいった。周りの暴力団は、皆、知り合いばかり。金は湯水の様にコシマから沸いて出てくる。こうして、中学を卒業する頃になると、もう父に、この世に怖いものは、何も無くなっていた。

それは、父が中学を卒業する前日の事だった。父は、校長と、教頭と、担任の三人に、放課後、視聴覚室に呼び出された。父が視聴覚室に入って行くと、三人が立っている場所には、父が襲いかかって来ることを想定して、机で、バリケードが築かれていたそうだ。

「正夫、前に来い」

校長が父を手招き、父は、無言で校長達の前に立った。

「さあ、これ、受けとれ」

バリケードの隙間から父に手渡されたのは、本来ならば、明日の卒業式で受け取る筈の卒業証書だった。

「正夫、今更言わんでも、分かっとるやろうが、明日は、大切な卒業式や」

「……」

「正夫、分かるやろ、お前と一緒に卒業する皆の、一生に、一度切りの、大切な、大切な思い出になる日や」

「……」

「わしらは、明日、何事も無く、皆を卒業させななならん責任があるんや。ええか、お前は、明日、学校に来るな。頼むさかい、来んといてくれ、分かったな」

そう言い捨てると、三人は視聴覚室から出て行った。

翌日、父は、三人に言われた通りに学校には行かなかった。さぞかし、教師達は胸を撫で下ろしていた事だろう。否、父が来ていない事を確認したときには、感謝すらしていたかもしれない。父が欠席している卒業式は、何事もなく開始された。

父はその頃、学校の校舎に隣接する五階建のマンションの屋上から、母校を見下ろしていた。そのマンションの屋上からは、式が執り行われている、体育館の丸みのある屋根がよく見渡せる。

「……君」

「はい」

一人、また一人、卒業生がマイクで名前を呼ばれている。アンプで増幅された教頭の少し嗄《しわが》れた声が、ひとっこ一人居ない、ガランとした校舎に響き、その声は、父の居るマンションの屋上にまで木霊《こだま》していた。車の走る音、近くの鉄工所の機械の音、教頭の声、そんな雑多な音を聴きながら、父は、足元に置いてある缶の蓋を開けた。昨日の放課後、三人が帰った後、父は、近くにある竹林に、竹を採りに出掛けた。そして、手慣れた手付きで切り出して来た強靭な竹を使い、弓と矢を作った。矢の先には、鋭利に研ぎを掛けられた五寸釘が取り付けられ、その釘の周りには、ボロ切れが巻かれている。父は、缶の中に入れてあったガソリンの中に、矢に巻いたボロ切れを浸し、そして、足元に立てた太い三本の蝋燭にマッチで点火した。

釣り糸を何重にも編み上げて作った丈夫な弓弦に矢を掛けると、父は、ロウソクから矢のボロ切れに火を移し、そして、グッと胸の辺りまで、力いっぱいに弓弦を引くと、躊躇う事なく、体育館の丸い屋根を目掛けて、ありったけの矢を、次々と放ち続ける。

矢は、見事な放物線を描きながら、吸い込まれる様に体育館の屋根に突き刺さり、炎は、どんどんと燃え広がって行く。悲鳴と共に逃げ惑う生徒や教職員達。そんな様子を、父は冷ややかな嘲笑と共に、屋上から見下ろしていた。

死傷者こそ出なかったものの、この年の卒業式は、父の手により滅茶苦茶に妨害された。そして父は、その場で警察に現行犯逮捕され、裁判の後、中等少年院に二年間送致。コシマは学校に対して、莫大な被害弁済を支払わねばならなくなった。

「あのババアが、わしを、こんな人間にしてしもたんや。わしが、悪さしても、何しても、怒りもせん、甘やかすばっかりや。中学の時から、毎朝、起きたら枕元に一万円札が置いてある。今の金にしたら十万以上や。そんなもん、日給、五百円や、千円で、誰がしんどいめして働こうなんか思うんじゃ。わしはなぁ、本気で、金は、ババアをどついたら沸いて出てくるもんや思とったんじゃ。それをあのババア、わしが二十歳になった途端、もう金が無いぬかしやがって。わしがそのお陰で、どんだけ苦労したと思うとんじゃ。わしが、仕事出来んのも、欲しいもんが我慢出来んのも、全部、あのババアの所為なんじゃ。文句言うんやったら、わしに言わんと、あのババアに文句言わんかい」

父は中等少年院を出た後、海口組の直系団体、海健組に籍を置いた。そして、相変わらず、徹底的な暴力とコシマの金の力で、暫くの間は、メキメキとその勢力を拡大して行った。しかし、やがて転機が訪れる。そう、コシマの経済が破綻してしまうのだ。金の成る木は、終に枯れてしまった。

その頃、組には父より一年遅れて、ある男が、部屋住みの組員として入って来た。あの、神戸の大抗争事件の末、終には極道の頂点を極めるこの男、カリスマ性があり、上からも下からも愛される何かを持って生まれていた。

「どいつも、こいつも、わしに金がなくなった途端、掌かえしやがって」

父には、その男の様なカリスマ性もなければ、任侠も、男気もない。あるのは我欲ばかりで、他人がどうなろうとお構いなしだ。父に金が無くなると、周りの取り巻きは、蜘蛛の子を散らすように居なくなったそうだ。金の力を失い、ただの狂犬でしかなくなった父は、一気に組内部でも、自分の居場所を失くして行く。

そんな時、事件は起こった。

当時、神戸では、今は無き四島組が隆盛を極めていた。その四島組の若い衆が、クラブに勤める父の女に、父の女と知りながら手を出した。女は女で、金の尽きてしまった父に愛想をつかせていたのだろう。女は父を裏切り、その四島の若い衆といい仲になってしまった。当然、ぶちきれた父は、相手が四島組だろうが何だろうが関係ない。腹に鉄板を仕込み、サラシを巻いて、拳銃と日本刀を手にした。

「極道はなぁ、舐められたら終いなんじゃ！」

しかし当時、破竹の勢いであった四島組と事を構える事に、父の海健組が難色を示した。すでに組内部で浮いた存在になってしまっていた父。父の後ろには、誰も付いて来なかった。

「正夫、まぁ落ち着かんかい。わしが先方と話してくるさかい、二〜三日待っとらんかい」

若頭にそう諭されると、父も嫌とは言えず、それより数日を虚しくするより他なかった。そして数日後。若頭に呼ばれ、事務所に顔を出した父の前に置かれたのは、【詫び状】と云う紙切れ一枚。そこには、ただ連々と詫びの言葉が並んでいるだけで、具体的に幾何《いくばく》かの金を積むだとか、指を詰めるだとか、責任の行方については一切の記載がなされていない。

「カシラ、これは、なんの冗談でっか」

「お前は阿保か、見たら分かるやろ、それは列記とした詫び状や。先方もこないして頭下げとるんやさかい、今回はわしの顔立てて治めとけ、分かったの」

勿論、こんなもので、この狂犬病の様な男が納まるなどとは、その場に居た誰もが思っていなかっただろう。父は組の面々の思惑通りに、組長と交わした杯を持ち出し、彼等の前で地面に叩きつけ、それを粉々に砕いてしまう。そして、父は組を去った。

組を離れた父は単独で動いた。四島組の男は脊椎を損傷し、一生、車椅子の生活を余儀なくされる。女は頭を丸刈りにされ、十円玉を間に挟んだ二枚の剃刀の刃で顔を刻まれたそうだ。こうすると、傷と傷との間隔が狭い為、どんな優秀な外科医でも、傷を残さず縫合する事が困難になるらしい。後にこの女は、それを苦に自殺した。

父はその後、一人で四島組の幹部クラスを襲撃した形跡がある。その辺りの狂犬振りは神戸中に鳴り響き、父は、ヤクザさえ避けて通ると言われ、誰からも恐れられる様になっていった。

これより後、父がどういった経緯で今、籍を置いている杉下組に移籍したのか、僕は知らない。しかし、父はこの後、杉下組の組員となり、予て手を染めていた、改造拳銃の製造を生業として始める事となる。

――五――

葬式が終わり、みんなは火葬場に向かうタクシーに乗り込んだ。僕は、矢野のおばちゃんと裕美ちゃんが乗っているタクシーに潜り込んだ。不機嫌極まりない父の側にいると、どんな酷い目に遭うかも分からない。だから、僕は火葬場に着いても、ずっと裕美ちゃんの陰に隠れてこそこそとしていた。そしてコシマ婆ちゃんは、本当に、あっという間に灰になってしまった。

お骨を骨壺に納める時、係員の人が、喉かどこだかの骨を箸で摘んで、「ほらね、こうして見ると仏様の形に見えるでしょ」等と、妙なうんちくをたれていた。しかし、そんな事はどうでもいい。そんな事より、家を出てから眉をひそめるようにして、一言もしゃべらないこの二人と共に家に戻らねばならない事の方が、僕にとっては大きな問題だった。

親族と別れ、僕ら四人は外食で夕飯を済ませ家に戻った。弟は疲れてしまった所為か、とても機嫌が悪く、グズグズと言っている。僕は、なんとなく、その場の空気を読み、弟を連れ、隣の部屋に行き、ゲームを取り出し、弟と遊び始めた。何も知らない弟は、途端に機嫌がよくなり、人懐っこい、零れる様な笑顔で、コロコロと愉しそうにはしゃいでいる。振り向けばまた拳銃の手入れを始めている父が居て、その横で母が無言でテレビを見ている。二人はまだ無言で眉の間を狭くしたままだ。

あの時、僕はまだほんの子供だったし、母が僕を孕む以前、何を見、何を考え、何を思い、そして、何を信じて生きて来たのかを知らない。だから、きっと、あの日、僕らが遊ぶ部屋の向こうには、走馬灯の様に沢山の儚いものが、あのトゲトゲしい空気の中を舞っていて、寒い朝の霜の様に、母の肩に降り積もっていたのかもしれない。そんな静けさを破るように、また弟がコロコロと笑い声を上げる。
その日二人は、何時までも、何時までも、押し黙ったままだった。

# 第二章　たんぽぽ

――一――

昭和四十年代から五十年代頃には、まだ銃刀法の規制が緩やかで、モデルガンメーカー各社が製造販売するモデルガンの中には、少し補強を加え、加工すれば、実弾を発射出来る様なモデルガンが沢山あった。オートマチックより構造が簡単なリヴォルヴァーなど、銃身に詰められている芯に、工作機械でボーリングをかけるだけというお手軽さで、数発程度なら実弾の発射が出来る強度を持っていた。

元来、ナイフ、日本刀、拳銃、等の殺傷道具コレクターであった父は、手先が器用であった事もあり、趣味が高じて、これら銃刀法で取り締まられる武器の類を扱う、闇のブローカーとして暗躍を始める。この凌ぎを父と組んで始めた人がいて、僕は、彼の事を犬の兄ちゃんと呼んでいた。「犬の兄ちゃん」が何故、犬の兄ちゃんなのかと云うと、それは、決して父の犬などという意味ではなく、彼は闘犬が好きで、龍成号という大きな土佐犬を飼っていたからだ。

僕は、犬の兄ちゃんが大好きだった。兄ちゃんは、明るくて、楽しくて、優しくて、そして何より、僕を目の中に入れても痛くないというほどに可愛がってくれた。それは、兄ちゃんが昔、交通事故で子供を作れない身体になってしまった所為も、きっとあるのだろうけれど、父から日常的に酷い虐待を受けていた僕にとって、兄ちゃんが家に来ている時間は、父の虐待から解放される貴重な時間であり、だから僕は、何時もその事を兄ちゃんに感謝していた。

兄ちゃんには、亜紀ちゃんと云う恋人がいて、二人は何をする時も、いつも仲良く二人でやっていて、決して離れると云う事がない。そんな亜紀ちゃんを唯一、兄ちゃんから借りられるのは、他ならぬこの僕だけだった。

兄ちゃんと亜紀ちゃんは、龍成号の檻だけがある、猫の額の様な庭のついた、本当に、長方形の箱を、ポンと二つ積み重ねただけに見える、小さな借家に住んでいた。とはいえ、子供もなく、何時もくっついている二人にはそれでも広いらしく、その二階は、殆ど物置と化していて、僕らは普段、その階段を上る事はなかった。

兄ちゃんの家に遊びに行くと、亜紀ちゃんはよくフレンチトーストを焼いてくれた。牛乳に、卵の黄身をたっぷりと落とし、たっぷりの砂糖を加え、それにまた、たっぷりと厚みのある食パンを、たっぷりの時間、浸し、そして最後に、たっぷりのバターで焼き上げるのだ。すると、外は、こんがり、カリカリとした食感で、中はクリームの様に、トロットロのフレンチトーストが出来上がる。これがもう、本当に、ほっぺたが落ちる程に旨いのである。だから僕は、今でもコンビニで売っているような既製品のパサパサとしたフレンチトーストは食べない。あんなパサパサとした物は、フレンチトーストを名乗る資格はないと僕は思っているし、僕にとってフレンチトーストは、亜紀ちゃんが作ってくれた、あのフレンチトーストが本物であって、今でも、作る時は、そのようにして作るのである。

兄ちゃんと亜紀ちゃんと僕でフレンチトーストを食べている時、必ず亜紀ちゃんは、真ん中の一番柔らかいトロトロの部分を、二口分残してくれていて、最後に「アーン」と僕と兄ちゃんの口に、それを放り込んでくれる。僕は、そんな亜紀ちゃんが大好きだった。

兄ちゃんと亜紀ちゃんは、父が商売を始めると、殆ど毎日の様に僕の家に来る様になり、僕は、それが嬉しくて仕様がなかった。

兄ちゃんは、不思議な魅力のある人だった。容姿は、ギリシャの彫刻を思わせるほどに端整で、少し、冷たさすら感じさせるのだが、しかし兄ちゃんは、それは、慈愛に満ちた地蔵菩薩のように優しい人だった。兄ちゃんがそこにいるだけで、パッと花が咲いたように場の空気が明るくなって、誰もが笑顔になる。それは、あの父ですら例外ではなく、兄ちゃんが居ると、普段は苦虫を噛み潰したような顔ばかりしている父が、笑顔で、冗談めいたことまで口にするようになるのである。兄ちゃんが居ない時は、いつ、なんどき、どんな言いがかりをつけられ、殴られるかと、いつも怖気《ビク》怖気《ビク》と父の顔色を窺い、常に、父の一挙手一投足に注意していなければならない。本来は、それが僕の日常だった。

「虐待」と云うものは、受けた人でなければ、決して解らない側面がある。「虐待」を受けた事のない人は、どうしてもこの「虐待」という行為を、観察者の視点で理解しようとするからだ。

観察者の視点から見ると、虐待とは、虐待行為が行われている、タイムリーな瞬間だけを虐待と捉えがちだが、それは大きな間違いである。虐待を受ける者にとって、虐待とは、暴力が加えられている状態が、肉体的虐待の時間であり、この肉体的虐待の終焉は、そのまま、精神的虐待の始まりでしかない。そこが、加害者や、観察者の視点から虐待というものを観察すると、見えなくなってしまうのである。虐待を受ける者にとっては、その時の暴力行為が治まった瞬間から、次の暴力行為が、何時、何を契機《きっかけ》に始まるかと云うことに怯える、精神的虐待の時間が始まるのである。虐待を受ける者にとっては、加害者や、観察者が思うような、虐待から虐待のインターバルは存在しない。つまり虐待とは、二十四時間、三百六十五日の日常の中に、ビッシリと溶け込んでいる質《もの》なのだ。その虐待から僕を解放してくれるのは、当時、兄ちゃんと、亜紀ちゃんだけだった。

僕の家では、食事の時、一切の会話が禁止されていた。食事中に、何かうっかり声を出そうものなら、すぐさま父の拳が顔に飛んで来る。こんなくだらない価値観を、あの無教養な父がどこで仕入れて来たのか近年まで不思議に思っていたが、どうやら、父のそういった価値観の基準は、全て、刑務所の矯正教育が元になっていた様だ。

しかし、兄ちゃんと亜紀ちゃんが来るようになってから、その辺りの基準が、大幅に緩和されるようになった。兄ちゃんと亜紀ちゃんが来るようになって、食事中、話をしても殴られる事がなくなった。お風呂も、毎日入ることが出来る。父は、二人が居る時は決して僕に暴力を揮わなかった。普通の家庭の様に、食事中、兄ちゃんや亜紀ちゃんと楽しく会話をし、そして、食事の後に、兄ちゃんか亜紀ちゃんと毎日お風呂に入る。普通の事だけど、当たり前の事だけど、その頃の僕は、兄ちゃん達が来てくれる、そんな毎日がとても楽しかった。

兄ちゃんと亜紀ちゃんは、仕事を始めて直ぐ、殆ど僕の家に寝泊まりする様になっていった。亜紀ちゃんは、僕が眠るまで、よく、色々な話をしてくれた。

「ねぇ、慎也は、何が好き」

「う〜ん、亜紀ちゃんと、兄ちゃん」

「あはは、ありがとう。でも、そうじゃなくて、慎也が、好きな事は、何って聞いているの」

「あぁ、んとね、僕は、絵を描くのが好き」

「へ〜、そうなんや、じゃ、慎也は画家になりたいん」

「ううん、僕は、画家じゃなくて、んと、漫画家になりたいねん、でも」

「ん、でも、どうしたん」

「うん、でも僕は、漫画家には、なられへんと思う」

「え、なんで」

「だって、漫画を描いてたら、お父さんに殴られる」

「なんでやの、お父さん、漫画、嫌いなんかなぁ」

僕はそれには答えず、僕の方から亜紀ちゃんに質問をした。

「ねぇ、亜紀ちゃん、僕って、気持ち悪い、子供やと思う」

「どうしたん慎也、なんで自分の事、そんな風に思うの」

亜紀ちゃんは枕から頭を上げ、自分の立て肘に顎を乗せると、そのまま僕の顔を覗き込んで来た。

「僕な、お父さんみたいに、刃物振り回したり、拳銃撃ったり、そんなん、嫌いやねん」

「慎也」

「僕はな、絵を描いたり、お話しを考えたり、音楽を聴いたり、そんな事の方が好きやねん。でもな、それを見つかると、お父さんは僕を殴る。お前は男とちゃう、出来損ないのおかまやって、いつも殴られる。だから、きっと僕は、漫画家には、なられへんとおもう。ねぇ、亜紀ちゃん、僕は男じゃないん、出来損ないの、おかまの、オトコ女なん」

亜紀ちゃんは不意に僕を抱きしめ、僕は亜紀ちゃんの胸に溺れた。

「なに言うてんの、慎也はおかまなんかじゃない、ただ心が優しくて、綺麗なだけや」

そう言うと亜紀ちゃんは、突然、僕をギュッと抱きしめた。亜紀ちゃんの着ているブラウスのボタンが目の上に当たって少し痛かったけど、僕は、亜紀ちゃんにギュッとされたのが嬉しくて、ただ、黙って亜紀ちゃんの声を聞いていた。

「大丈夫、慎也は、漫画家だって、何だって、好きなものになれるよ」

「え、ホンマに、どうしたら、どうしたら、なれるん」

僕は、とてもいい匂いのする亜紀ちゃんの胸元から、カンガルーの子供の様に顔を上げ亜紀ちゃんに言う。

「うん、それはな、慎也が、なりたい自分に、絶対、なれるって、自分を信じてあげる事や」

……自分を、信じる、自分を信じる、自分を信じる……

僕は、神殿で神と向き合う敬虔なカトリック信者の様に、その言葉を口の中で三回、繰り返してみた。

「そう、自分を、信じるの」

亜紀ちゃんは一度、僕の顔をじっと見て、またすぐに遠い目になった。

「慎也には、まだ難しいかなぁ。兄ちゃんはね、子供の頃、交通事故に遭って、両親を亡くして、自分も、もう少しで死ぬところだったの」

「あ、それ、兄ちゃんに聞いた事がある、あのな、兄ちゃんな、あの時、自分の事、スクラップやって、自分はポンコツの種なしやって、だから、亜紀が、可哀想やって、そない言うてた」

亜紀ちゃんが、また突然、僕の頭をギュッとした。

「だから、兄ちゃんは、施設で育ったんや」

「施設って、なに」

「うん、施設って云うのはな、お父さんも、お母さんも居ない子供達が、集まって生活する所なんや」

……施設、施設、施設……

僕は、また三回その言葉を口の中で繰り返した。

「亜紀もな、二年くらい、兄ちゃんと同じ施設で、暮らしてた事があるんや」

「え、そうなん、でも、なんで二年だけなん」

「うん、亜紀のお母さんな、悪い事をして、警察に捕まったたん。だから、お母さんが刑務所に居る間、亜紀は施設に入れられてたんや。あんな慎也、施設って云う所はな、着る服はボロばっかりやし、食べる物は粗末で少ないし、だからな、何時もお腹がペコペコで、辛い所なんや」

「亜紀ちゃん、かわいそう」

「うん、だから亜紀はな、施設に入って、毎日、毎日、メソメソ泣いてばっかりやってたん。そんな時、兄ちゃんがな、タンポポの話しをしてくれたんや」

「タンポポ、タンポポ、タンポポ」

今度、僕はその言葉を三回、声に出して言ってみた。

「そう、タンポポや。慎也もタンポポは知ってるやろ」

「うん、知ってる、あの、ふわふわした、鳥の羽みたいなやつやろ」

「そうや、あんな慎也、タンポポの種は、ふわふわしてて、風に運ばれて飛んでいくやろ」

「うん」

「そやけど風は気まぐれや、タンポポが運んで欲しいと思う栄養の有る土の上に運んでくれるとは限らへん。時には渇ききったアスファルトの上に落とされたり、何時、誰に踏みつけられてもおかしくない、道路の真ん中に落とされたりする、でもな、たんぽぽは、たとえ、どんな場所に落とされても、こんな場所は厭やなんて泣き言は言わへん、じっと我慢して、与えられた場所で、咲くチャンスを狙ってる。それは、なんでか言うたらな、たんぽぽは、自分はきっと咲ける、咲いてみせるって、自分の事を、信じて疑ってないからや」

「そうなの」

「そうや、だからな、どんな場所に居ても、自分を信じて、きっと、なりたい自分になるんやって、自分を信じなあかんってな、メソメソしてた亜紀に、兄ちゃんが教えてくれたんや。だから、慎也もな、諦めたらあかん。きっと成れるって、自分を信じなあかん」

「じゃ、亜紀ちゃんも、そうやって自分の事、信じてるん」

「そうやで、信じてる、自分の事も、兄ちゃんの事も、慎也のお父さんと、お母さんの事も、慎也の事も、みんな信じてる。今の仕事が終わって、兄ちゃんに大金が入ったら、亜紀は、兄ちゃんのお嫁さんになれるって信じてる。だから慎也もな、タンポポみたいにならなあかん、解った」

「うん、解った、ねぇ亜紀ちゃん、お仕事が終わっても、ずっと遊びに来てくれる」

「うん、大丈夫やで、何時までも、みんなで一緒に居ような」

「うん」

亜紀ちゃんはそう言うと、最後にもう一度僕の頭を撫で、僕よりも先に軽い寝息を立て始めた。


――二――

「おい、ボチボチ、凌ぎの場所を変えたいんやけどなぁ、暫く、お前んとこの空いてる二階、使わせてくれへんか」

「今すぐに、ですか」

「そうや、今すぐにや」

六月の湿り気が、漆喰の壁に今年も黴の嫌な匂いを染み込ませる。殆ど人が出入りする事のなかった兄ちゃんの家の二階は、梅雨の湿気があらゆるものを黴臭くしていた。父はその日、突然、改造拳銃の密造場所を兄ちゃんの家の二階に移すと言い出し、兄ちゃん家の二階を片付けろと、母と亜紀ちゃんに言いつけた。今、考えてみると、父の嗅覚が、何かしらキナ臭い匂いを感じていたのかもしれない。父の、身に迫る危険に対する嗅覚は、並大抵ではなかった。事実、犯罪を職業としていながら、最初の服役を終えてから以降、何度、内偵捜査が入っても、父は、一度たりとも足を掴まれた事がないのだ。

母と亜紀ちゃんが掃除を済ませると、父と兄ちゃんは、工作用機材を兄ちゃんの家の二階に運び込んだ。そしてその日から、今度は僕らが兄ちゃんの家に入り浸るようになり、僕は、週の殆どを兄ちゃんの家から学校に通うようになった。しかし、それからたったの二カ月だった。兄ちゃんの家に警察のガサが入ったのは、八月の一番太陽が熱い頃の事だった。

その日、蝉時雨が降りしきる校庭を抜けて、僕が校門の前に近付いて行くと、そこには、血相を変えた母が僕の帰りを待ちわびていた。僕は、校門の前の母を見つけると、何か得体の知れない、不吉な思いに囚われて母の元に走り寄った。

「お母さん、どないしたん」

「あぁ！ 慎也！ 兄ちゃんが！ 兄ちゃんが、パクられたんや！」

「う、嘘やろ、お母さん！」

「嘘やない。今日の朝一で警察が来たみたいで、お父さんとお母さんが兄ちゃんとこに着いた時には、もう、遅かったんや」

「あ、亜紀ちゃんは、亜紀ちゃんはどうなったん」

「亜紀ちゃんは大丈夫や、今、家に来てる……」

それから直ぐ、僕らは家に戻った。僕らが家に着くと、もう既に父の姿はなく、そこでは亜紀ちゃんが一人で、シクシクと泣き崩れているだけだった。言葉が探せなかった。どこを、どう探したって見つからなかった。僕は、無言で亜紀ちゃんの背中を摩ってあげるしかなかった。だけど、僕が背中を摩り始めると、亜紀ちゃんは、それは、それまで抑えていたものが、一気に堰を切るかのように、ワンワンと大声をあげて泣き始めた。父は、亜紀ちゃんに、知り合いの弁護士の所に行くといって家を出たらしい。僕らは黙って父の帰りを待つしかなかった。

辛い時間だった。亜紀ちゃんは、ただ、シクシクと泣きいるばかりで、僕らは話す事もなく、ただ項垂れているしかない。そんな時間がどれ程続いた事だろう。夕闇はもう、そんな亜紀ちゃんの顔を見えなくするほどに辺りを暗くしていた。するとと突然、誰かがいきなり、パチンと部屋の電気を点けた。

「なんやお前ら、電気も点けんと」

見るとそこには父が立っていて、父はジャラジャラとキーケースや時計をサイドボードの上に置き、そう言いながら、亜紀ちゃんが座っている向かい側の椅子に腰を下ろした。

「あぁ、正夫さん、あの人、あの人、どうなってしまうやろう」

亜紀ちゃんは父が席に着くと、捲し立てる様にして父の言葉を求めた。

「あはは、亜紀ちゃん、なんも心配せんでええ、ちゃんと弁護士に訊いて来たさかいに」

「べ、弁護士さんは、なんて、なんて言うてはるんですか」

「亜紀ちゃん、よう聞きや、先ず、あいつは組に札を挙げてる(構成員名簿に記載されている組員)人間やない。つまり、警察は、構成員として、彼奴を把握してない」

「そっ、そんなっ、あの人、組のために、正夫さんの為に、一生懸命やって来たやないですか！」

「ちゃうがな亜紀ちゃん、考えてみんかいな。もし、あいつが正式に組に札を挙げてる組員やってみ、なんぼあいつに前科がない言うたかて、タダでは済まん、そうやろ」

「そ、それは」

「札あげてる現役の組員が、拳銃の密造、密売をしてたんなら、そら警察も黙ってない。そやけど、あいつは、幸い組の名簿には名前の無い準構成員や。今回、そこを上手いこと利用したるんや」

「り、利用するって、どういう風に」

「ええか、あいつは、趣味でやってたんや。解るやろ、亜紀ちゃん、あいつは、素人のガンマニアやってことにするんや。自分が好きで、改造拳銃を造って遊んでただけや。それで通すんや。ほんなら、あいつは初犯やし、必ず執行猶予が貰えるて、弁護士先生が、そない言うてたわ」

「正夫さん、それ、ホンマやがな、ホンマなんですか」

「ははは、ホンマやがな、嘘言うてどないすんねんな亜紀ちゃん」

「ほんなら、あの人」

「そうや、じきに帰ってこれる」

「ほっ、ほんまですか」

「ああ、ほんまやがな。そやから、なんも心配せんでかまへん」

そこまで話し終えると父は、セブンスターを一本箱の中から取り出し、そして少時、そのゴツゴツとした指先でそれを弄んだ後、口に咥え、趣味の悪い、金無垢のダンヒルで筒先に火を点けた。

「彼奴は極道やないから、接見禁止もついてない。そやからな、亜紀ちゃん、亜紀ちゃんは、明日、直ぐにあいつに面会に行って、その事を、あいつに伝えて来てくれ。執行猶予を棒に振らんために、絶対に、組や、わしの名前は出さんようにてな」

父が吐き出したセブンスターの煙が、そのゴリラの様に上を向いた鼻と、薄情そうな薄い唇の間で、ゆらゆらと揺蕩《たゆた》っている。しかし、亜紀ちゃんは、父の言葉に返事を返さなかった。

「どないしたんや、亜紀ちゃん」

父が亜紀ちゃんの顔を覗き込む。

「でも正夫さん、それやと、あの人の罪、重くなったりしませんか」

「はっはっはっは、何を言うてるんや亜紀ちゃん、さっきも言うたやろ、わしらの名前が出る方がよっぽどやばいがな。それともなにか、亜紀ちゃんは、わしに自首して、臭い飯食うて来いとでも言うんか」

「それは、そうやないけど」

「大丈夫や亜紀ちゃん。それに、例えばやで、あいつが一人で罪を被って多少罪が重くなったとしてもや、あいつには初犯って云うカードがあるんやさかい、必ず執行猶予が貰える。それなら、何年打たれようと、別にかまへんやないか、違うか」

「それは、そうやけど」

「それに、もし万が一や、そんな事はあらへんけどな、もしあいつが、一審で実刑なんて事になったら、わしが、私選で弁護士入れたる。保釈金積んで、直ぐに出したるさかいに、大丈夫やがな、なんも心配せんでかまへん」

「正夫さん、それほんまですか、ほんまにあの人、すぐに出られるんですか」

「ほんまやがな亜紀ちゃん、何も心配せんでかまへん」

「良かった、ほんま良かった。ほんなら正夫さん、姉さん、よろしくお願いします」

亜紀ちゃんの顔に、漸く笑顔が戻った。

今の僕が考えるに、内偵捜査が入っている以上、確実に、警察は父の存在を把握していただろうし、堅気の兄ちゃんより寧ろ、現役の極道である父が、主犯だと考えていただろう。だから、そもそも、警察の的は父の方に向いていた筈だし、パクるなら父をパクりたかった筈だ。だけど、それが出来なかった。何故なら父は、怪しいと踏んだ時点で、早速、兄ちゃんの家の二階に、状況証拠になるようなものは全て、移してしまっている。作業は手袋をして行う為、指紋も出ない。だから、父が場所を移動した時点で、警察は、慌てて兄ちゃんの家に、ガサ入れをしたのだろう。しかし、時既に遅く、父は、パクられる様な物証は、すべて始末していた。こういった犯罪行為に至っては、狡猾極まりない父に、多分、警察は激怒したに違いない。警察の、その怒りの矛先は、全て、兄ちゃんに向かう事になってしまった筈だ。

物的証拠が何一つ得られなかった父をパクるには、是が非でも兄ちゃんの自白が必要だ。兄ちゃんの取り調べは、過酷を極めたに違いない。エアコンなど存在しない昔、炎天下の日差しに炙られた四角いコンクリートの部屋の中で、兄ちゃんは、刑事達の汗だくの憎悪を叩きつけられた。今ならそんな取り調べは許されないだろうが、時代は、昭和五十年代初めだ。兄ちゃんは、来る日も、来る日も、ろくに睡眠も与えて貰えず、同じ質問を、百万遍、繰り返されたに違いない。

「主犯格は誰や！　杉下組の正夫やろ！　言わんかい！」

だけど、兄ちゃんは、父の名前も、組の名前も、一切出さなかった。拘留は最大限に延長され、刑事達は、ありとあらゆる手段で兄ちゃんを追い詰めた。

「おい、お前、なんであんな正夫みたいな極道に肩入れするんや、お前、ずっと傍におったら、あいつがどんな人間かぐらい解るやろ」

「……」

「お前、なんや、正夫が怖いんか、そやろ」

「……」

「そら彼奴は頭に来たら何するかわからん人間や。現に自分が通ってた中学校に火つけて燃やしてしまうわ、人を身体障害者にしてしまうわ、あいつに人生めちゃめちゃされた人間なんか山ほどおるさかいな、お前が怖がるんは判るわい」

「……」

「そやけどな、お前がちゃんと話してくれるんなら、わしらがお前をちゃんと守ったる。どないや、警察が守ったる言うてるんや、それなら怖ないやろ」

「……」

「お前が証言してくれたら、正夫は少なくとも五年から七年は出てこられへん、お前は正夫がおらん間に、女とどっか別の場所でやり直せ、な、どないや」

「……」

「お前！　こらー！　警察舐めとったらあかんどぉ！　そんなもん、あんなごっつい大層な機械、部屋に設備して、あれは趣味でしたで話しが通るとおもとんか」

「……」

「裁判官の目かて節穴ちゃうんやぞ！　あんなもん、どない言い逃れしても、営利目的やろが！　お前、そんなもん、なんぼ初犯やろうが、営利目的で銃の密造なんかしたら、確実に実刑やぞ！」

「……」

「お前が助かる道はひとつだけや、お前は正夫に脅されたんや、脅されて仕方なくやったんや、な、そやろ、そうや、女も、あれは人質に取られてる様なもんや、お前は、女を人質に取られて、仕方なく場所を貸しただけや、密造自体にお前は関わってない、そういう事なら、お前はすぐに家に帰れるぞ、わしらはお前をパクリたい訳ちゃうしの、亜紀ちゃんやったなぁ、ええ子やないか、お前、あんなええ子と、正夫みたいな人間のカスと、どっちが大事やねん、なぁ、もう一回、頭冷やしてよう考えてみんかい」

　やがて、刑事達は諦めたのだろう、事件は、しかし、兄ちゃんにとって、一番厳しい形で調書が巻かれ、兄ちゃんの柄は、警察の留置場から、拘置所に移送され、裁判が始まった。

亜紀ちゃんは家に来なくなった。兄ちゃんからは一度だけ、母宛に手紙が来ていたようだ。

（ご心配に及びません、しかし、万が一の事があるといけないので面会などはやはり、控えるようと、兄貴にお伝えください）

「ちょっとあんた、ええ加減、面会、行かなあかんのんと違う」

「あぁ、もうちょい、裁判が進んだらの」

母が、何度となく、兄ちゃんに連絡を取る様、父に催促していたが、父は、保釈金はおろか、面会も、手紙さえも書こうとはしなかった。そんなある日、亜紀ちゃんが血相を変えて家にやって来た。

「正夫さん、もうあかん、国選の弁護士じゃあかん、弁護士に聞いたら、あの人、実刑になるって。正夫さん、あの人に私選で弁護士つけてあげて、そして、早く保釈金、積んで、あの人を、あの人を出してあげて、お願いします、お願いやから！」

「亜紀ちゃん、そやけど、弁護士がそない言うてるんやろ」

「ま、正夫さん、それ、それなに、それって……」

「国選だろうが、私選だろうが、裁判がここまで来て、担当の弁護士がそない言うてんやったら、何しても無駄やがな」

「ど、どう云う事、話しが違う、それじゃ、話が、正夫さん、あの時」

「アホかわれ！　あの時はあの時や、今と関係ないわい！　担当の弁護士がそない言うてんやったらよ、保釈とか、そんな、しょーもない事言うとらんとや、もうサッサと、勤めに行ったらええやろが、このボケ！　帰れ！　二度と来るな！このカス！」

亜紀ちゃんが、父の背後に隠れるようにして座っている母へ、それは、コマ送りの様にゆっくりと視線を向ける。

母は項垂れているばかりで、決して亜紀ちゃんと目を合わせようとはしなかった。

亜紀ちゃんは、まるで芝居を終えた操り人形の様に、あらぬ方向を向いたまま、無言で、ゆっくりと扉を開き、そのまま僕の前を通り過ぎ、部屋を出て行った。

父は、亜紀ちゃんが開けた扉を面倒臭そうに閉めると、ごろりと絨毯の上に体を横たえ、セブンスターを口に咥えると、あの嫌らしい、金無垢のダンヒルでその筒先に火を点けながら、そしてこう言った。

「ええかお前ら、よう覚えとけ、頭は、生きてるうちに使うもんじゃ」

僕の中で、何かが音を立てて、壊れて行くのが分かった。

# 第三章　殺意

―一―

その日は、珍しく父が一人で家に居た。あの頃父は、当時、流行を始めたテレビゲームによる、ゲーム賭博に嵌まり込んでいて、母が仕事で留守の時間、小さな弟を連れ、ゲーム喫茶に入り浸っていた。勿論、博打など、客が負けるようにしか仕組まれてはいない。父の負けは込みに込んで、祖父母に四百万、叔母の恵美子さんに二百万と、どう逆立ちしても直ぐには返せない借金を積み重ねていった。

蜩の鳴き声が痛い程に降り注いでいた夕暮れ。学校から戻った僕は、テレビの前に座った。再放送の魔法使いサリーちゃんにチャンネルを合わせ、テレビを見ていると、突然、抗いようもない、絶対的な腕力が僕を襲った。あれは正に、青天の霹靂だった。僕の背後から、薄い布団を持った父が襲い掛かって来て、布団に覆われた僕の顔と首を、グイグイと締め付けてくる。僕は、いったい自分の身に何が起こっているのか、その時、全く理解が出来なかった。驚いて身をくねらせ、必死で抵抗するも、僕を締め上げる力は圧倒的で、十才の僕には、どう足掻《あが》きう藻掻《もが》いても、その圧倒的な力をどうする事も出来なかった。

……息が出来ない、苦しい……

身体中の筋肉が硬直していく。しかし、どんなにいきんでも、酸素を吸う事が出来ない。

「マハリク　マハリタ……、になぁれ」

遠くで、途切れ、途切れに、サリーちゃんの声が聞こえる。

……サリーちゃんは……何に……変身したのかな……

次第に硬直していた筋肉は、体内酸素を失うと、一転して、一気に弛緩を始めた。

ジィリリリーン！

しかし次の瞬間、昔の黒電話の、あのけたたましいベルの音が鳴った。そのベルの音と同時に、僕を押さえつけていた圧倒的な力に隙が出来、僕の意識が現実の土を踏む。僕は一度思い切り息を吸い込むと、一目散にトイレに走り込み、中から鍵を掛けた。

身体の震えが止まらない。頭の中は真っ白で何も考えられない。ただ、汚物で汚してしまった下着の不快感だけが、腰の下辺りに纏わりついているのが、微かにわかった。父は、ほんの少時《しばら》く、取り上げた受話器に向かい、ブツブツと低い声で、何か、西洋の呪文の様な言葉を吐くと、サイドボードの上の鍵を乱暴に掴み取り、家を出ていった。ソレックスのキャブに、蛸足デュアルマフラーを組んでいた、父が所有する、Ｚ４３２の排気音が、それは、打ち上げ花火が飛んでゆく様な勢いで遠のいて行く。僕は、大きな疑問符を胸に抱え、何時までも、汚れた下着さえかえる事が出来ないまま、只、便座に腰を下ろし、天井の奇妙な染みを眺めていた。

――二――

四年後、僕は十四歳になっていた。
恵美子おばさんは、妻子ある上司との泥沼の不倫を清算し、会社を辞め、祖父母の住む実家に戻っていた。
ジィリリリリーン

不意に鳴った電話の受話器を母が取る。

「もしもし、あ、なんや、恵美子、どないしたん」

「あ、お姉さん、私、澤田さんと別れたわ」

「そうか、でも、それで良かったやないの、澤田さんと何時まで一緒に居たかてなぁ、あの人、家庭を捨てる気はないわけやし」

「分かってる、判ってるから、別れたんよ。でも、お姉さん、私、悔しい、悔しいねん」

「なんでやのん、何が有ったんや」

「私、会社、あいつに、追い出されたわ」

「えっ、あんた、会社辞めたんかいな」

「あいつ、裏で専務に手を回したみたいや。突然、専務から転勤の話しがあって、ピンときて、だから昨日、辞表、出してきたんや」

「なんでやのん、あんただけが、辞める必要なんか無いやないの」

「私な、なんにも考えずに、妻子ある人とこんな関係になって、日を重ねて行く内に、あいつの奥さんに、申し訳ない想いがどんどん募って行って」

「……」

「あいつの奥さん、なんにも知らんねん、何回か会った事あるけど、凄くいい人で、私、あの奥さんを、なるべく傷つけたくなくて」

「そうか、まぁ、あんたが自分でそう決めたんなら、そうしなさい」

「うん、お姉さん、聞いてくれて、ありがとう」

母が電話を切った途端、父は、車の鍵を引っさらうようにして、外に飛び出していった。

――三――

「はい、もしもし、山上建設でございます」

「あぁ、総務部の、澤田おるか」

「はい、澤田ですね、失礼ですが、どちら様でしょう」

「どちら様、そんなもん、お前になんの関係があるんじゃい、さっさと澤田呼ばんかい」

「は、はい、少々、お待ちください」

電話を受けた女性事務員は、慌てて澤田を呼びに走った。

「も、もしもし、お電話代わりました、澤田ですが」

「おぅ、お前が澤田か、わしは、野口恵美子の義理の兄や、お前、えらい事してくれたのぉ、恵美子を会社から、いびり出したらしいやないかい」

「えっ、いっ、いや、私は」

「私はなんやこら、お前、汚い男やのぉ、やることやって、飽きたら会社追い出すてか、あぁ」

「い、否、恵美子さんは、自主的に退職なされたのであって」

「自主的、自主的に辞めたんやったら、なんで恵美子がわしに泣きついてくるんじゃ、おぉ、あいつ、悔しい、悔しい言うて、わしに泣きついて来たがな」

「な、何なんですか貴男は、き、脅迫する積もりですか、警察を呼びますよ」

「脅迫、おんどれ、頭わいてもとんちゃうんかい、これのどこが脅迫じゃこら、ホンマもんの脅迫は、こんなもんちゃうどこら！」

「と、兎に角これ以上言いがかりをつけるようなら、警察に通報します」

「ほう、そうか、ほんならお前のかみさんと、話しさして貰うまでじゃ、お前と恵美子が仲よう写ってる写真なんか、腐る程、あるさかいのぉ」

「ちょっ、ちょっと待ってくれ、そんなの、卑怯じゃないか」

「卑怯、どの面下げてほざいとんじゃわれ、なんやこら、話しするんか、せえへんのか、どないさらすんじゃい」

「わ、分かりました、ど、どこに、行けば、いいんですか」

「とりあえず、会社が終わったら、そこからタクシー乗って、熊内神社の前まで来い」

「わ、分かりました」

澤田は、会社が終わると三宮からタクシーに乗り込み、神戸市中央区内の北側、摩耶山の麓にある、熊内神社に向かった。タクシーが熊内神社辺りに着くと、澤田はタクシーを乗り捨てて辺りを見回した。往来には、光とも影ともつかぬ夕暮れ時の明るさが漂い、木の芽の膨らみを誘うには、まだ、些か早すぎる凛とした冷たい空気が澤田の産毛を撫でていた。澤田がコートの襟を立て、神社の鳥居に向かい歩いて行くと、真っ白なボディに、Gノーズと、ガンメタリックのオーバーフォンダーを装着した父のZ４３２が、低いアイドリング音を響かせて停車している。澤田は、車高の低いZの窓から、屈むように覗き込み、父に声を掛けた。

「あの、澤田と言いますが、野口さんの、義兄さんですか」

ズドンッ！

父は、澤田が言い終わるのも待たずに、いきなり澤田の耳元に手を伸ばし、二十二口径のリヴォルヴァーを一発、発射した。澤田の顔は一瞬で凍りつき、それは、まるで何かの施設に展示されている、鹿の剥製の様に動きを止める。

「乗らんかい」

銃口を澤田の額に向けたまま、父が低い声で澤田に指図をする。澤田は父に促され、蛇に睨まれた蛙の如く、従順にZの狭いサイドシートに乗り込んだ。

野生ならば、体格がより大きく、身体能力の高い方が、殆どの場合、勝利するだろう。しかし、人間の場合、特に、格闘技でもなく、社会の中での些末な揉め事に於いては、如何に相手に恐怖感を与えるかで勝負は決まる。極道は、人に恐怖感を与えるエキスパートと言っていい。

「わしは、杉下組の正夫や、相手が悪かったのぉ、どないや、これで誠意を見せる気になったか、あぁ、インポで包茎の澤田さんよ」

――四――


澤田の件は、直ぐに恵美子おばさんの知るところとなった。

「義兄さん、今まで貸したお金、今すぐ、耳揃えて返して下さい」

「なんや、わしは、お前の敵打ちをしたっただけやろ」

「いい加減にして下さい。私はそんなこと頼んだ覚えはないし、お金を恐喝するなんて、どう云う事ですか！　下手したら、私まで犯罪者にされるじゃないですか！」

「あれは、手数料じゃ」

「それやったら、その手数料とやらから、私が貸したお金、今すぐ返して下さい！今度こそ、今度こそお金が無いとは言わせませんよ！」

「なんやとこらっ！」

流石に直接手はあげなかったものの、父は、恵美子おばさんの周りにある物を、壊してまわり、散々、恵美子おばさんを罵りあげ、家を出て行った。

「慎也、ちょっと、こっちおいで」

居間で項垂れる母の横に座っていた僕を、恵美子おばさんが呼んだ。

「どない、大丈夫やった」

他に掛ける言葉も見つからない僕は、多分、そんな風に言いながら、部屋に入って行った様に思う。

「慎也、私は今日から、金輪際、あんたのお父さんと縁を切る。それがどういう事か、あんたには分かるか」

「え、お父さんとは、もう、会わへんってことなん」

「勿論そうやけど、それだけじゃないで、お父さんと一緒に住んでいる限り、お姉さんとも、慎也とも、勝之とも、もう、会わないことにする」

「えっ、僕らは、関係ないやんか」

「そうや、関係無い、でもな、私は、それでなし崩しになって、あんたらや、お姉さんが可愛いばかりに、お父さんに対して妥協して、せんでもええ我慢を、ずっと、強いられて来た。もう、うんざりや、お姉さんの事は心配やし、あんたらの事も心配やけど、私は、これ以上、自分を犠牲にしたくない」

そう言うと、恵美子おばさんは立ち上がり、母の居る方に向かった。

「お姉さん、聞こえてたと思うけど、そう云う事やから」

母に言葉は無い、何時もの様に、恵美子おばさんを前にして、ただ、項垂れるばかりだ。おばさんは振り返り、再び僕の顔に視線を定めると、話を続けた。

「でも、一生会えなくなる訳じゃない、あんたは、中学を卒業したら、直ぐにこの家を出なさい、そやないと、あんたは、近い内に、必ず、お父さんに、殺される」

沈黙していた母が突然、大きな声で恵美子おばさんを制止する。

「恵美子！　あんた！」

「お姉さん！　あかんで！　もう黙ってられん！」

「慎也、お父さんはな、あんたが子供の頃から、度々思い出した様に、生命保険をあんたに掛けてる。最初に私がそれに気がついたのは、あんたが二歳の時や」

まだ小さな僕の記憶は、鮮明であるとは言えない。しかし、幾つか、そんな記憶が残っている。そう、そんな記憶が、幾つかは。

……怒鳴り声がする……体中に衝撃と痛みを覚える……それはずっと続く……次第に口の中が酸を含んだ様に酸っぱくなる……血の味……血の色……不意に身体を誰かが持ち上げる……フワッと身体が宙に浮いた……大きな衝撃……大きな痛み……止め処もなく血の味がする……止め処もなく血の匂いがする……真っ暗……何も……見えなくなる……


恵美子おばさんは仁丹を数粒口に含むと、その話しを続けた。

「あんた、覚えてないか、あんたが二歳の時、あんた、アパートの三階から、お父さんに、突き落とされたんやで！」

「恵美子！　止めて！」

母が両手で顔を覆う。

「あんたをハイキングや言うて、山に捨ててきたり、海で浮き輪のまま沖に流してみたり、私、怪しいと思うてたんや」

「恵美子！」

「ほんなら、あんたの名義の証書が、無造作に玄関の下駄箱の上に置かれてた。

お姉さん、慎也も、もう大人や。知らせなあかん事は、知った方がええ。あんた、自覚ないんか、殺されそうになった事、何回もあるやろ」

「お願いや恵美子、もうやめて、もう帰って」

恵美子おばさんは、制止する母のそれに応えず、声をうわずらせ、目にいっぱいの涙を溜めて、そして僕にこう言った。

「あんたがこの家出たら、いつでも遊びにおいで、お父さんから離れなあかん、そやないと、ほんまに、ほんまに、あんたは何時か、お父さんに殺される。ほんならお姉さん、帰るわ、私、帰るから！」


冬……、熱で身体がだるい……お風呂場……冷たい……冷たい水がドンドン入ってくる……ごめんなさい……ごめんなさい……蓋が開かない……お父さんが蓋の上に座っている……ごめんなさい……助けて……息が出来ない……誰か……助けて……

「あぁ……」

僕の記憶の中で、落とし処が分からずにずっとプカプカと浮遊していた存在《もの》が、その時、それはまるで、模様の無いジグソーパズルの最後のピースが見つかった時の様に、僕の心の中の、ジクジクとした湿っぽい場所で、明瞭《はっきり》と形を成した。

「そうか……」

数限りなく、繰り返し、繰り返し続いてきた父の暴力。僕と云う人間、人格、そして「命」、それ対して、余りにも無慈悲に揮われて来た、有形力の行使。それの根底に有った質《もの》、それは矢張り、躾や、愛情と云った質ではなく、どこまでも、どこまでも、あの男の、目先の都合と欲求を満たす為の質だった。

「そうだったのか……」

この時、僕は、僕と云う人間の全てに於いて、「重さ」、と云う質《もの》を無くしてしまった。「自尊心」、僕はこの時、この失われた自尊心の毀損を、永遠に恢復する術を失った。何時、どこで、どんな風に死のうが、一向に、何の未練未釈もない。僕の命はこの時、鳥の羽根一枚程の重さも、無くしてしまった。

# 第四章　浮き草

―一―

恵美子おばさんの一件から、僕と父の仲は、決定的に険悪になっていった。だから僕は、恵美子おばさんに言われるまでもなく、中学を出たら、すぐに家を出るつもりだったし、進学をする為のお金も、母には無かった。

イラスト、漫画を描くのが好きだった僕は、中学二年の時、臨時教員で来ていた、滝先生の紹介で、大阪のグラフィックデザインの会社に就職を決めた。

「どうせ、進学はしない」

頑なに授業を放棄し、喧嘩、暴走に明け暮れる毎日。国語の臨時教員で来ていた彼女は、その一年間の臨時期間の大半を、僕に費やしてくれた。

彼女だけが、暴れ回っていた僕を恐れずに、いつも、時間を見つけては、僕の話を聞いてくれた。

彼女が学校を去ってからも、僕は、折に触れて彼女に手紙を書いた。彼女は、どんな時も誠実に、僕の悩みに応えてくれたし、何時も一緒に、何某かの可能性を探してくれた。先生の紹介で面接を受け、社長の自宅に下宿が決まった僕は、最後の春休みが終わるのを待って、大阪に行く予定になっていた。

――二――

貝殻の様に白く光る桜の花びらが、街路を埋めていた。大阪に旅立つ二日前、少し緑を帯び始めた桜の枝を長い昼下がりの日差しが炙り、その、複雑に交錯する影が落ちる下を、僕は、友達の家を目指し、歩いていた。五階建ての、同じ構造物が立ち並ぶ、集合住宅の敷地を通り抜け、父が借りていた駐車場の前に差し掛かった時、僕は、運悪く、父が車を洗車しているところに、出くわしてしまった。

この時、父が気付かぬ内に、父の視界に入らぬ様、進路を変えていれば、おそらく僕の人生は、百八十度違う方向を向いていただろう。しかし、えてして一度、螺旋を描き始めた運と云うものは、その予測不可能な墜落を、止める事が出来ない様だ。無言で父の前を通り過ぎようとした僕の背中に、父の怒声が飛んできた。

「われこらぁ！　おんどれ！　お前は、自分の父親が目の前におるのに、挨拶もできんのんかい！」

それまでの僕なら、そもそも、殴られるのが怖くて、父を最初《はな》から無視する事など出来なかった筈だ。しかし、恵美子おばさんの一件から、僕は変わってしまった。

「……」

その気持ちは、あの日から、僕の頭の中の、暗い場所に染みついて、それは、今でも僕を苦しめる。僕はその時、父の怒声を、無視した。

「この糞餓鬼！」

父が車を離れ、僕に襲い掛かって来た。逃げれば、逃げれば良かったのかもしれない。しかし、何故か僕は、父が襲い掛かって来るのを待ち構えてしまった。走りこんで来た父の、体重の乗った蹴りが僕の腹にめり込む、そして、連続して左右のフックが二発、僕の顔面を襲う。一発目の右がこめかみに入り、僕は一瞬、意識が飛んだ。その所為かもしれない、二発目の左が飛んで来るのに合わせる様にして、僕の体が反射的に動いた。多分、中学の三年間、喧嘩に明け暮れていた所為もあるのだろう。僕が反射的に真っすぐに伸ばした右の拳が、父の口元にカウンターでめり込んだ。

「ガキィッ！」

拳の先端の骨に走る激痛と同時に、父の歯が、ボキッと折れる感触が、確かに伝わってきた。父が顔を押さえてしゃがみ込む。僕はもうその瞬間、父に背中を向けて走り出していた。

怖かった。恐ろしかった。それは、言葉では到底、説明の出来る感情ではない。僕は走った。葉桜の影の下を、ただ、只管に走った。

気がつくと、僕は、この辺りの不良が集まってシンナーを吸っている小暗い森の中にいた。怖かった。幼い頃から、毎日、毎日、時には本気で命を狙われた恐怖。身体に刷り込まれたそれは、多分、一生、僕を放さないだろう。

僕は、連中が地面に穴を掘って隠していたシンナーを掘り出し、その時、生まれて初めてシンナーを吸った。シンナーをナイロン袋に移して吸いこんでみる。すると、とんでもない刺激臭が僕の鼻孔を襲う。こんな物、まともな時なら絶対に手を出さなかっただろう。しかし、その時の僕には、それより他に縋る存在《もの》が無かった。

ツンとくる刺激臭を我慢して、暫くシンナーを吸い込んでいると、耳の裏側から、ピピピピピっと、奇妙な信号音が聴こえ始めた。ふと周りを見ると、自分の目からレーザー光線が出ている事に気づく。そして、そのレーザー光線は、次第に指からも発射出来るようになり、僕は、暫くそれを、上手く操る遊びに夢中になった。

レーザー光線が、とうとう自分の思うがままに、五本の指、全部から出るようになると、腐葉土の足元は、何時の間にか、亜麻色のリノリウムの床に変わり、消毒液と、死臭の入り混じった匂いが、どこからともなくしてくる。ここはどこだろう。ランダムに流れる記憶の流れが、その流れを留めると、視界は、あの病院の死体安置室の前にある長椅子を映していて、そこに座っている彼女は、あの時と同じように、俯いたままだった。

「死んで仕舞えばいいのに」

その声が齎す、大きな射精が来た。そして、その大きな射精と共に、死んで仕舞いたい。そう、思った。

――三――

目覚めると、シンナーの瓶は空になっていて、割れる様な頭の痛みと、三半規管の歪みによって、僕は、何度も、何度も嘔吐した。眩暈が続く。それでも止まぬ眩暈が、何時までも、何時までも、続いた。

……あの女の子は……いったい……誰なんだ……

飴色の朝日が、木立の隙間から降り注ぎ、世界は、僕の事などお構いなく、新しい時を更新している。

……何もない……

シェークスピア曰く、如何に貧しいホームレスでさえ、その、取るに足らない物の中に、何か余分なものを持ち合わせていると云う。だけど、僕には、何もない。本当に、空っぽの躰だけが、木漏れ日の下で揺れていた。

シンナーのダメージから身体が戻る頃にはもう日が傾きかけていて、僕は、勿論、家には帰らず、大阪に向かった。予定より一日早いくらいなら、先方は僕を受け入れてくれるだろう、そう思ったからだ。しかし、僕がシンナーをやっている内に、状況は急変してしまっていた。

あの後、父は滝先生の自宅と、社長の自宅に、僕を探して暴れ込み、散々、先生や社長を脅しあげた末に、親権を振りかざし、僕の就職を取り消してしまっていた。

俯く先生と社長。何も言えなかった。ポケットには五千円札が一枚。僕は、二人に謝罪をして、彼らの元を去った。あてもなく、神戸駅で電車を降り、駅前のベンチに身体を横たえ、通りすがる人波を、ただ、茫洋と眺めていた。

武骨な鉄のベンチの冷たさが、薄いトレーナーの下から伝わってくる。

……何もない……僕には……何もない……

初めも終わりもない、それは、形而上の点の様な僕の前を、まるで僕がそこにいる事など見えないかの様に、沢山の人々が往来を通り過ぎて行く。

どの人にも目的があり、そして、帰る場所があるのだろう。その場所には誰かが居て、その人の帰りを待っている。
誰でもいい、誰でもいいから、僕を見つけてください。

「死んで仕舞えばいいのに」

突然、風にまぎれて、また彼女の声がした。その声は、僕の陰茎に、何時もの、あの作用を齎す。僕は、その声と共に射精する、それに触れることすらなく、射精する。

……あぁ、壊れてしまえ……もっと、もっと、壊れてしまえばいい……
大きな射精が終わると、僕は、そのまま、武骨なベンチに抱かれ、深い眠りに落ちた。

――四――

「おう、お前、こんなとこで、何しとんねん」

何時の間にか眠っていた僕の頭を、誰かが軽く叩いた。

「ん、痛て、なんなんすか」

疲れと、それはきっと、たくさん泣いたからかもしれない。僕の瞼は、見るも無残に浮腫んでいて、なかなか上手く、目が開けられなかった。

「おい、お前、暇やったら仕事来てくれへんか、日給六千円で、弁当、お茶付きや、どないや。俺、朝、出遅れて、人夫が集まらんで、困っとるんや」

それは「人買い」、建築現場の人夫を集める、即席の人材派遣ブローカーとでも言えば解るだろうか。今も大阪の西成に行けば、この手のブローカーはたくさん居るが、どうやら神戸では、もうその姿を見掛ける事は、無くなってしまったようだ。

僕は、健さんと云う、この人買いに買われて、人夫達が共同で暮らす、プレハブの宿舎、所謂、たこ部屋に入る事になった。

たこ部屋は、横長に建てられたプレハブの中を、畳、約二枚の広さに、薄いベニヤの仕切りで仕切っているだけで、他には何もない。食事は、朝、昼の二食が付いていて、給料から、一日、九百円が天引きされる。作業中に飲むコーヒー代と煙草代を除いても、上手く残業が付けば、一日、五千円を貯める事が出来た。

仕事はきつかった。左官職人の手元で、一日中、バケツにセメントを入れ、マンションの五階まで往復を続ける、そんな過酷な仕事が、毎日続いた。

たこ部屋で三ヶ月を過ごし、僕は、健さんの紹介でアパートを借りる事が出来た。敷金五万円、家賃一万円のこの格安物件。実は、医者である大家さんが現役を引退し、大家さんの自宅の裏にある病室を、そのまま貸し出していると云う、まぁ、いわく付きの物件だった。しかし、流石に病室であっただけに、室内は清潔が保たれていたし、あの病院のパイプベッドまでがオマケに付いていた。

「慎也、お前学校、行きたいんとちゃうんか」

現場で、泥と埃に塗れて仕事をしていると、朝夕、同じ年頃の奴らが、楽しそうに制服で登下校する姿をよく見掛ける。羨ましいと思った。あいつらは、自分の時間が、ふんだんに与えられていて、その守られた時間の中で、悠然と自分の未来を計画し、考える事が出来る。恋をして、友達を作って、一歩、一歩、確実に、安定した将来を模索していられる。しかし、僕には、そのどれもが与えられてはいない。ヤクザの息子、犯罪者の息子。僕の未来は、あの父親によって、何もかもが黒く塗り潰されていた。羨ましい。そんな目で奴らを見ていた僕を、健さんは観察していたのだろう。僕は、健さんの計らいによって、夜間高校を受験する事となった。

# 第五章　栗の花の臭い

## ——一——

十代の身体を包む細胞と云うのには、もしかしたら、特別な何かがあるのかもしれない。

それは、純粋というには極めて乱暴で、純真と言うには余りに残酷で、それでいて、勇気や愛なんて言葉に、青臭い理想を見ることをやめられない、やめられない自分と、自分の肉体がその時、そこにはあった。

夜間高校を受験して、入学準備を整えていた頃、たぶん僕の中には、そんな扱いに辟易とする、純情な、それでいて淫らな、そんな何かが、僕の視界の表面を、幻の霧のように蔽《おお》っていたのだろう。僕は、その欲求の捌け口を探していた。

その頃の僕には、相変わらず何もない。何もない自分、誰もいない部屋。僕は、そこに足りないものについて、何時も考えていた。自分と、自分をこの場所につなぐ何かが、欲しかったのかもしれない。僕が最初の婚姻届に印を押したのは、十七歳と十一ヶ月を過ぎた頃だった。

入学式の後、校門を出ようとすると、けたたましいドラムの音が校舎の南側から聞こえてくる。僕はそれを教師に問うた。すると、この高校には軽音楽部というものがあるらしい。ギターを弾くのが好きだった僕は、早速、軽音楽部に入部の手続きをした。

その軽音楽部に彼女は居た。中国と日本のハーフである彼女は、その所為もあるのか、とてもお金に苦労して育ったようだった。気が強く、何でもズケズケ気押される事なくものを言う彼女の強さに、僕は魅かれた。男友達が多く、遊び好きな彼女。今、考えるなら、彼女は、僕の手に負える様な女ではなかった。

彼女をボーカルとし、彼女の後ろでギターを演奏する事になった僕は、それから、いつも彼女と学校の帰り、元町駅辺りから、三宮にかけて続く夜の遊び場を、彼女のエスコートで遊びまわり、その中で、青春のカリキュラムが用意する、過ちのマニュアルを、僕は毎日、そつなくこなしていった。

麻薬の代用物として、京極夏彦氏は宗教を挙げるが、僕にとって彼女、由香里は、まさに、麻薬を偶像化したかのような、そんな存在だった。僕は、彼女が提供する、解放と、快楽の中に依存していった。

そんなある日、由香理は、僕のアパートに泣きながらやって来て、赤ちゃんが出来たの、と僕に告げた。

僕は、あれほど苦労して入った高校を休学し、出産費用を作る為、昼も、夜も、必死で働いた。由香理の為にではなかったのだろう、そして、産まれてくる子供の為と云うのも偽善なのだろう。それは、多分、由香里が僕に差し出したものが、自分と、この部屋に足りないな何かだと、青臭いものに蔽われていた、その頃の自分が錯覚したからなのかも知れない。僕は欲しかった。多分、それが、自分の為に欲しかったのだろう。家族という得体の知れない重い、重い、枷が。その枷が与えてくれる、確かな命の重さが、多分、欲しかったのだと思う。

子供は無事に生まれた。２５５０ｇと、少し小さめの女の子だった。僕は彼女に明日香と云う名前をつけた。明日香は、その後、大した病気をする事もなく、スクスクと育ってくれた。

ところが、明日香が一歳の誕生日を迎える頃、酒に酔った高校の先輩が、急に僕のアパートに訪ねて来て、「俺の子供を返せっ!」と僕を殴った。由香理は、どうやら僕を含めて、三人の男と同時に付き合っていたらしい。由香理は、殆ど悪阻を感じない体質だったそうだ。だから、元々、生理の不順だった由香理が妊娠に気付いた時には、もう、お腹の子は既に、五ヵ月を過ぎてしまっていたらしく、中絶は危険だと医師に言われたらしい。

由香理は付き合っていた男を、経済力と家柄の順に周って、最後に僕の所に来た。あの時の彼女の涙は、そういう質《たち》の涙だったのだ。

先輩は僕を憎んでいた。何故、僕が憎まれなくてはならないのか、彼女が、先輩に対し、いったい、どんな説明をしたのか、それは、未だに解らない。

そして、僕は、二年も経たぬ間に、あっけなく由香理と離婚した。由香理は、まるで何事も無かったかの様に、先輩と盛大な結婚式を挙げ、僕は、女、と云う生き物に、絶望した。

僕が由香理と別れた事が周りに広がって暫くすると、僕は、行きつけの美容院に勤める立花貴代子に、散髪に訪れた折り、随分と皺になったボーダー柄の封筒に入った手紙を手渡された。彼女は、今、勤めている美容院を辞め、アパートを借り、別の美容院に移ると、そう手紙には書かれていた。そして、ずっと前から僕の事が、好きだったとも、その手紙には書かれていた。

……もう、女など、どうでもよかった……

けれど、食い詰めていた僕は、貴代子の新しいアパートに塒《ねぐら》を変えた。

貴代子と暮らし始めて三か月が過ぎた頃、突然、何処でどう調べたものか、由香理が僕らのアパートを訪ねて来た。由香理の横には、得体の知れない大柄な男が、ニヤニヤとしながら付き添っている。

……ねぇ、養育費、払って欲しいんだけど……

視界が一瞬、赤い爆発が起こったように、真紅に染まった様な気がした。気が付くと、ヘラヘラと下衆な憫笑を浮かべていた男が、血塗れで玄関先に倒れている。暫くすると救急車が来て、男は、フラフラとしながら救急車に乗り込んでいった。段々と出来てくる人だかりを掻き分ける様に、警官が僕の前にやって来て、僕に手錠を掛けようとする。僕は、無我夢中で暴れた。息の続く限り、何かを叫びながら暴れた。四人の警官が、僕を力ずくで地面に押さえつける。僕は逮捕され、垂水警察の留置場にぶち込まれた。

警察の調べで、男は、三次団体ではあるが、本職の極道であることが判明した。

相手が警察にリストアップされている本職の極道ならば問題はない。検察は、僕ではなく、殴られた男の方を恐喝で起訴をし、僕は、一週間後、留置所から出ることが出来た。

僕と同じく、起訴猶予で釈放された由香理から、暫くすると、弁護士を通して養育費の請求が来た。由香理は、結局、結婚式は挙げたものの、先輩の、元カノからの密告により、荒れた男関係の事が全て暴露《ばれ》たらしく、先輩とは直ぐに離婚になったらしい。勿論、先輩からも、多額の慰謝料をふんだくっていたと云うのを、僕は、三年程して、風の噂で聞いた。

僕は、明日香の事を、勿論、自分の子供だと思っていたし、だから、なんの疑いもなく認知した。だから僕には、明日香に対して養育費を払う義務があるのだと由香理は主張する。いい加減にして欲しい。あの女は、いったい何を考えているのだろう。僕は、由香理の事はもう一切無視をしようと思った。しかし、なんと、それを貴代子が許さなかったのだ。

「私、由香理さんと、きっちり話しつけて来る」

貴代子は由香里に連絡を取り、由香里と会う約束をした。貴代子が由香理と会ったのは、貴代子の休日の月曜日。その日、僕は仕事もそこそこにして家に戻り、貴代子の帰りを待っていた。

「ただいまぁ」

貴代子は、帰ってくると早速、夕食の準備に取り掛かる。身長百四十二cm、かなりチビで、そして、ポッチャリとした貴代子が、狭い台所で、まるでボールが跳ねる様にして動き回っている。顔は、若い頃の菊地桃子(本人曰く)まぁしかし、それなりに愛らしい童顔の小さな顔を着けていた。血液型はB型、性格も、典型的なB型、十一人家族の貧乏家庭で、とても苦労をして育っていた。

「はい、慎也君コーヒー。ご飯、ちょっと待ってな」

マグカップにインスタントコーヒーを入れて差し出す彼女に、僕は問い質した。

「お前、由香理となにを話して来てん」

彼女は、マグカップを僕に手渡し、くるりと踵を返し台所に向かうと、その小さな背中を僕に向けた。

「お金な、月々の、最初、二万五千円って言われてんけどな、二万円に、負けてもろた。でもな、その代わり、私が、責任持って払うって、約束させられたわ」

「あっ、アホかお前、なんでそんな約束なんかすんねん。あんなもん、ほっといたらええやろ」

「そんなん、だって、可哀想やんか」

「なんでやねん、なんであんなもん、かわいそうやねん。お前も見たやろ、ヤクザ連れて脅しに来るような女の、どこが可哀想やねん」

「だから、違うって」

「なにが違うねん、あんな淫売」

「慎也君、違う、考えて、だから可哀想なんやんか。誰の子供だろうと、子供に罪はないねんで。明日香ちゃん、可哀想やと思わんの。あの子が、一番の被害者やで。兎に角、来月から、お金は私が払うから、慎也君は黙っといて」

以来、七年間、その内の五年間は、籍も入っていないこんな男の為に、彼女は、一度たりとも滞る事なく、養育費を払い続けた。

彼女は、支払いが滞る事を、何よりも嫌った。僕が、フラフラと目先の金に釣られ、転職ばかりを繰り返し、一向に収入が安定しない中、道楽でつくる借金も、全て、彼女任せだった。口先三寸の悪徳セールスで、詐欺紛いの様な事ばかりをやり、悪い仲間と夜の街に出掛けては女を漁り朝帰り。そんな毎日の中で、彼女は淡々と、家と職場を往復し、養育費を支払い、借金を支払い、掃除をし、洗濯をし、いつ帰るかも分からない僕の食事の用意をし、そして、幾何かの貯金をして、五年後、僕に言った。

「なぁ慎也君、ハワイで、結婚式、挙げへん」

彼女と暮らした七年間と云う時の中で、僕は、一度だけ、彼女を助けた事がある。彼女と暮らしだして三年が過ぎた頃、彼女は、「白血病になった」

彼女はその日、具合が悪いと言って、珍しく仕事を休んだ。僕は、彼女を乗せて、近くの総合病院に車を走らせた。その時は、僕も彼女も、単なる風邪くらいにしか思っていなかった。しかし、後日、僕らは医師に、有り得ない告知を受ける事になる。

「立花さんは、幼若型の白血球が異常に増殖して、他の臓器を冒したり、貧血を起こしたりする、増血組織の腫瘍性疾患、所謂、白血病という病気です。そして、白血病としてはとても珍しい種類の症例なので、残念ながら、この病院では適正な治療を施す事が出来ません。ですから、私が、大学病院の方に紹介状を書きますので、そちらで、適正な治療を受けて下さい」

由香理という人間は、人間の、下賤で醜い側面を、余すことなく僕に教えてくれた様に思う。僕が、人を信じられないと云うのは、なにも由香理の所為ばかりではない。けれど、由香理という女は、僕が、女と云う生き物に対して絶望するには、充分過ぎる程の材料と、そして、トラウマを与えてくれた。僕が貴代子と暮らすのは、彼女が僕に利益を齎すからだ。行き場を失った捨て猫が、誰彼構わず身を擦り寄せて行く様に、僕は、貴代子に擦り寄っただけだ。人として、最低だと思う。しかし、綺麗事だけでは、雨風はしのげやしない。そして、腹も膨れはしない。彼女は、僕に利益を齎さなくなった。否、明らかに、不利益をもたらす存在になった。風邪で二〜三日寝込むのではない。敵は「白血病」と云う、悪名高い、不治の病なのだ。

その日、大学病院で診察を受けた彼女は、その場で即入院となり、僕は、受付の窓口で、入院に必要な書類や私物の説明、そして、入院費用として、取り敢えず、二十八万円が必要であるという旨を受けた。今後も、こんな高額な治療費の請求を、この二十歳そこそこの、若い、可愛らしい事務の女の子は、まるで、粛々と判決文を読み上げる裁判官の様に、僕に請求してくる積もりなのだろうか。僕は、ゾッとする思いがした。

……逃げてしまうか……

サラ金で契約書にサインをしていると、そんな思いが胸を掠める。貯金など一円も無かった僕は、朝一番でサラ金に行き金を用意し、書類と、現金と、パジャマ等、彼女の私物を持って、大学病院に車を走らせた。受付の窓口で入院費用を支払い、僕は、彼女の病室へと足を向ける。彼女は、目を剥く程、高額な料金を毟り取られる、個室に入れられている。

僕は、その個室の前に辿り着いて驚愕《びっくり》した。個室の通路側にある窓の前に、人だかりが出来ている。否、そればかりではない。個室の扉は開け放たれており、個室の中も、人がギッシリと、満員電車の様にして詰まっている。そして、その人だかりは、皆、一様に、医師が着用する、丈の長い白衣を着用しており、又、一様に、手にはメモとペンが握られている。

そう、彼女の病は、白血病の中でも、非常に少ない症例の為、彼女は早速、医師達のモルモットにされていたのだ。手に、メモとペンを持った男達の前に全裸を晒され、脊髄に、人の小指程もある太い針を突き立てられて、彼女は、羞恥と、激痛に、悲鳴を上げていた。

僕の感情は、あの時、それは、彼女が可哀相であるだとか、彼女を守りたいだとか、そういった事ではなく、唯、その、目の前に広がる光景に、腹が立った。

それは、今、憶い出しても、胸糞の悪くなる様な光景だ。医師が太い針の向きを変える度に、彼女は悲鳴を上げる。しかし、その針を操作しながら、その場をリードする医師は、彼女が悲鳴を上げる度に、口許に嘲笑を浮かべるのだ。それは、餓鬼が、生き物を苛める時の様な笑いだった。彼女の裸と、メモ帳の紙面を忙しそうに、目を右往左往させている者。リードしている医師の手に握られている針の行方に、凝呼《じっ》と目を凝らして注視《みつめ》ている者。そして、その医師が浮かべる表情と同じ様に、嘲笑とも、憫笑とも覚束ぬ質《もの》を、唇に浮かべる者。そこで行われている事はもう、明らかに人権を侵害した、「人体実験」の様相を呈していた。

僕は、病室の前の人波を掻き分け、扉に近付き、扉の小窓に嵌め込まれている擦り硝子を、握り締めた車の鍵の先端で、力一杯に叩き割った。

ガシャン!

「おぃ! コラァ、これはなんの見せもんや! 説明して貰おか、おぅ」

医師達は、今度は鳩が豆鉄砲を食らった様な顔で、一斉にこちらを見た。僕はもう一度、今度は扉を思い切り蹴り上げた。

「い、いや、こ、これは、検査ですよ、検査」

針を握っていた医師が、慌てて針を彼女から引き抜くと、彼女の「うっ」という低い呻き声が、シンとした廊下に響いた。

「おぉ、見たら俺にもそれぐらい解る。そやけど、お前と、その看護士以外、今、ここにおる、このギャラリーはなんやねん、えぇコラァ」

「い、いや、その、立花さんの症例は、非常に珍しい症例なもので、後学の為に、若いインターンの先生方に、是非参考にと、思いまして」

「後学、それが、治療となんの関係があるんや」

「いえ、あの、治療に、直接的な関係はないのですが、後学の、為にと」

僕は再び扉を思い切り蹴り上げた。扉の下側にある通風口が、粉々に破れて辺りに飛び散る。

「ふざけんなよ、おいっ、俺は今、受付で、二十八万円、ちゃんと払ろて、ここに上がって来たぞ、後学てなんや、えぇおい、なんで、俺が、二十八万も払ろて、自分の女の裸を、お前らの好奇の目に曝してまで、お前らの、その後学とやらの為に、貢献せなあかんねん、コラァ、俺も、あいつも、こんな事されるなんか、一言も聞いてないぞ、ちゃうんかい、お前ら、こんなもん、患者にも、家族にも無断でやって、許される訳ないやろ、あぁ、院長呼べや、院長を呼んで来い！」

検査が中止され、事の顛末を聞いた院長と、先程、針を揮っていたあの医師が僕らの病室にやって来て、僕らに謝罪した。そして、僕らは、彼らからある提案を受ける。

「立花さんの症例は、非常に珍しい症例なのですが、珍しい、イコール完治が難しいという事ではありません。この症例は、白血病としては、逆に、完治する確率が、非常に高いとさえ言えます。只、発症するケースが少なく、臨床的なものも含めまして、我々は、少しでも多くのデータが欲しかったのです。あの様な行為に及んで、本当に申し訳ありません。こんな事になっていながらと、お叱りを受けるかもしれませんが、どうでしょう、先程からも申し上げます通り、我々は、貴重なこの症例の臨床データが欲しい。なんとか病院をかえることなく、このまま、我々の手で、立花さんの治療を続けさせて頂く訳にはいかないでしょうか。勿論、先程の様な、人道に悖る行為、立花さんを傷つける様な行為は、二度と起こらない様、充分に、配慮させて頂きます。そして、先程、窓口で納めて頂いた治療費も、返金させて頂き、今後の費用につきましても、全て、我々の負担にさせて頂くという条件で、如何でしょう」

この事のお陰で、僕らは、お金の心配をすることなく、大学病院の、最先端治療を受ける事が出来る様になった。僕が、家計を支える為、以前から、彼女が望んでいた通り、友達が勤める運送会社に就職をした事も、彼女を喜ばせる事となった。そして、それから一年後、彼女は、完治して、病院を退院した。

あの時、僕が思ったのは、彼女を守るだとか、まして「愛」だなんて、そんな恰好のいいものでは、更々無い。喩えば、子供が、誰かに自分の玩具を横取りされて、泣きわめく様な、そんな、稚拙な感情が、僕にあんな行動を、執らせたに過ぎない。事実、僕は、心の何処かで、彼女を捨てて、逃げようと考えていた様な、卑劣な人間なのだ。だけど、あの時の事を、彼女はずっと、僕に、感謝していたのだと思う。

「なぁ、慎也君、お店の研修旅行がな、いよいよ、今年は、海外に行こうってなってな、なんと、ハワイに決まりましたぁ」

その日の彼女は、矢鱈と明るく、ハイテンションだった。

「でな、先生がな、もう、私ら、五年も一緒に住んでるやん、だから、慎也君も、ハワイに連れて行ってな、ついでに、ついでにやで、結婚式、挙げたらって、言うてくれてるねん」

夕食の洗い物を終えた彼女が、インスタントコーヒーの入ったマグカップを二つ持って、ニコニコとしながら、僕の前に座った。こいつは、由香理と違って、僕を大切にしてくれる。

だから……僕は……お前と暮らしているんだ……それが……どういう事か……解らないか……僕は自分の都合だけで……お前と暮らしてるに過ぎない……僕は……自分の事しか考えちゃいない……そんな……人間なんだ……

「俺、結婚は、もう、懲り懲りやねん」

僕は、人が、信用出来ない。必ず、こいつも、いつかは、僕を裏切る時が来る。

それを前提としていなければ、僕は、他人と会話する事も儘ならない、歪《いびつ》な人間なのだ。だから、勿論、僕は、僕に向けられる、彼女の全ての愛情を信用していない。いつか、彼女も、僕の本性を知れば、僕から離れて行く。彼女が今、僕と一緒に居るのは、僕の本性を、知らないからだ。

婚姻届けに印鑑を押した途端、女は、恐ろしい程の権利を獲得して、一期に自分より強くなり、あらゆる無理難題で、自分を縛りつける存在になるのは、由香理で、漸々骨身に染みている。僕は、彼女のプロポーズを、頑なに、断った。

「そんな事、言わんと、まだ、時間はあるんやから、ちゃんと、考えてみてよ」

彼女は落ち込んだ。彼女には、僕が、本当はどんな人間なのか、それが見えていないのだろうと思った。僕は、どうしようもない人間の滓だ。そして、それは何時か、彼女に暴露《ばれ》るだろう。暴露たら、さようならだ。僕は、端から、その積もりで彼女と暮らしている様な、下衆な人間だ。だから僕は、頑なに、彼女の申し出を拒んだ。しかし、彼女は典型的なB型で、一度こうと決めると、梃子でも考えを変えようとはしない。彼女は、全くもって、諦めようとはしなかった。ところが、そんな彼女の夢は、思い掛けず叶う事になってしまう。

その頃、僕は、運送会社を辞めようと考えていた。世の中はバブルで浮かれている。周りの悪い友人は、ドンドンと金を儲けて、外車を乗り回し、女をはべらせ、楽しんでいる。

僕は、ある先物取引に手を出し始める、これが思うとおりに相場が動き、大当たりをする。日当一万円で、汗にまみれる事を、僕はこの時、愚かだと判断した。

僕は、より多くの資金を必要とした。しかし、自己資金では限界があり、銀行から融資を受けねばならない。その際に、独身と、既婚では、融資額に大きな差が出る。

……もっと、資金が欲しい……

その欲望は、それは恰も、空気の中を彷徨い、人が失敗《しくじ》るのを探し待っている、魑魅魍魎であるかの様に、僕の背中を押した。そして僕は、貴代子が差し出す婚姻届けに、二度目の印鑑を押した。

―二―

アラモアナホテルのバルコニーから見た空と海は、僕が生きて来た中で見た、どんな空と海よりも、碧く輝いていた。人が、惜しげもなく、この空と海に大金を投じるのが、こうして、この蒼穹の広がりを目の当たりにすると、解る様な気がする。

バルコニーに飛んで来る鳩の群が、余りにも人を恐れず、部屋に入って来てまで餌をねだる事に僕は驚いた。僕は、手に持っていたスナック菓子をバルコニーにばら蒔き、鳩の群を外に追い出すと、白銀色のタキシードに袖を通し、部屋を出て、ロビーに向かった。

僕よりも一時間早く、彼女が、この部屋を出たのには訳がある。背の低い彼女に合うウエディングドレスが、既製品では間に合わず、なんでも、特別製の、踵の高いミュールを履いてバージンロードを歩く為に、その練習が、必要になったからだそうだ。

僕は、彼女に指定された時間にロビーに降りて、片言の英語で、フロントの女性に、車が迎えに来ているかどうかを尋ねた。フロントの女性は、「オフコース、ルック」と、入口の回転ドアの方向を指差した。

すると、そこには、それはよく映画などで見掛ける、全長八メートルから、九メートルはあろうかという、純白のリムジンが停車している。僕は驚いた。そして、恐る恐る、僕が回転ドアから外に出て行くと、リムジンから、それは、まるでイギリスの騎兵隊の様な、赤と黒のコントラストに、金の装飾がとても美しい制服を着たドライバーが降りて来て、僕の前で、恭しく一礼をすると、リムジンの分厚いドアを開いて、僕を車内に招き入れてくれた。

「へっへ～ん、驚いた、これ、絶対、やってみたかってん」

鈍い光沢のある本革張りの黒いシートに、真っ白なウエディングドレスを着た彼女が、妙に不自然に白いファンデーションを塗りたくり、そして、それは、凡そ三十cmもあろうかと云う程の、厚底のミュールを履いて座っている。只でさえ、小さな日本人の中でも、取り分け小さい彼女が、ダボダボの欧米人用のウエディングドレスを無理から身に着け、チョコンと座っているのだ。まるで、豆粒がドレスを着ているみたいだ。僕は、その絵面《えづら》の滑稽《こっけい》さに、思わず、腹を抱えて笑ってしまった。

「ちょっと、何よ、慎也君、笑い過ぎやで」

しかし、一度こうと決めたら、梃子でも動かない彼女が、漸く、自分の夢を叶えているのだ。口ではなんと言おうと、彼女は、その時、とても幸せそうだった。

ホテルを出発して二十分。リムジンが停車し、分厚い白いドアが再び開かれると、白いチャペルが見える教会の前では、研修旅行(とは名ばかりだが)で来ている、彼女が勤める店の先生や、スタッフの面々が、僕らが来るより先に教会に来ていて、僕らを盛大な紙吹雪で迎えてくれた。

牧師の、意味不明な英文(多分、病める時も、健やかなる時もというあれだろう)の朗読が終わると、僕らは、ディスカウントショップで買って来た、安物の結婚指輪を交換して、お決まりの愛を誓った。

彼女は頑張った。切り詰めて、切り詰めて。我慢して、我慢して。

その時、彼女が僕の前に差し出して来たものが、どれ程、尊く、掛け替えの無いものであるのかぐらいは、僕にだって判っていた。しかし、僕は、それを受け入れられない。否、受け入れるべきではないのだ。チャペルの鐘の音が遠離る。こめかみが、刺す様に痛む。胸が、爛れる様に熱くなる。今、見えている情景に、不自然な、二次元の映像が滑り込んで来る。それは、立体映像で飛び出して来た映像が、やたら質量を伴わず、希薄で有るように、現実とは、明らかに違う、薄っぺらな迫力で、僕の視覚を刺激する。

木枠の窓……足の長い灰皿……長椅子……消毒液の匂いと……死臭がする。


「死んで仕舞えばいいのに」

――三――


「このボケェがぁ」

その日、ハァハァと息を切らして、左手の人差し指から血を流しながら父が帰って来た。そして、救急箱から、絆創膏を取り出して傷口に巻くと、「おいっ、お前も来い」と言って、父は僕を車に載せて走り出した。

車は、ドンドンと人里離れた山の中へと走って行く。やがて、そこは、四方を森に囲まれた、砕石場の様な所に辿り着いた。

父は、車のトランクを開けると、そこに積まれていた大きな麻袋を肩の上まで持ち上げる。そして父は、力一杯、その麻袋を地面に叩きつけた。

「ギャウンッ」

中には、生きた犬が入っていた。

父は、建築現場用の大きなスコップで地面に穴を掘ると、犬の首から下の部分を穴に埋め、犬の首から上だけを地面に出し、麻袋をナイフで切り裂いた。すると、中に居た犬の顔は、もう既にボコボコに腫れあがっている。犬は、憔悴し切った様子で声も出さない。余程、恐ろしい目に遭わされたのだろう。犬の鼻の頭はカラカラに乾き、伏し目がちに、只、ブルブルと震えているだけだった。

懐からお宝の二十二口径リボルバーを取り出し、父は、弾丸を装填した。そして、犬から十メートルばかりの距離をとると、犬を狙い、弾丸を発射し始めた。

パンッパンッパンッ
乾いた発射音が森に木霊する。しかし、精度の低い改造拳銃である為、なかなか犬には命中しない。父は、今度は最初の半分程の距離に縮め、僕の手に銃を握らせた。

「殺れ！」

父は僕に命令した。勿論、改造拳銃であるから、火薬の量は大幅に減らされている し、火薬は、花火の爆竹をほぐした物が使われている。火薬の量を減らしておかなければ、そもそも、強度が充分でない改造拳銃は、本体が暴発を起こしてしまい、引き金を弾いた人間の命を奪ってしまう。だから、テレビや映画で見る様な、弾丸を発射した瞬間に、肩が浮き上がるような反動はなく、それは、子供の僕にも、充分に扱える代物だった。しかし、威力の方は馬鹿に出来ない。一メートルや、二メートルの至近距離で打たれれば、確実に、人を死に追いやるだろう。

「ほれっ、よう狙うて打て」

「う……」

「なんや、お前、わしの言うことが聞かれへんのんかぁ、あぁ」

「あ……いや……」

僕は、引き金を、弾いた。

パンッパンッ

「ギャウン」

二発目の銃声の後、犬の悲鳴が森に響き渡った。

「ヒャッハッハッハッ、お前、その辺のチンピラより、よっぽど上手いやんけ」

父は、殊の外、上機嫌になった。

「へ……へへへ……」

僕は、凍り付いた愛想笑いをして、父に、銃を返す。

「キャウ～ン」

犬は……まだ生きていた……

「おぉ、なんや、まだ生きとるやんけ」

父は、銃の弾倉を確認し、空の薬莢を抜き取ると、新たに、一発だけ、弾丸を装填した。

「ロシアンルーレットや」

父は、銃のレンコンをカラカラと回すと、犬に近付いて行った。僕が打った弾は、犬の後頭部辺りに掠った様で、もう、既に、少し固まり掛けた黒ずんだ血で濡れている。父が犬の前に立つ。引きつった様に、犬は父を凝視《みつ》めながら、只管、ブルブルと震えている。父は、犬の顔に向けて、引き金を弾いた。

カチッ

弾は発射されず、銃は、僕の手に渡った。僕は、もう、何も抗うことなく、引き金を弾いた。

パンッ

乾いた発射音が響いた刹那、僕の視界がコマ送りになる。犬の耳がパッと立つと、犬が僕の顔を見る。しかし、その見開いた目には弾丸がめり込み、弾丸が、犬の後頭部から、犬の脳漿を引き摺り出しながら貫通すると、犬は、口の周りに大きな皺をグッと刻み、グッタリと動かなくなった。父は、懐に銃を終い、冷たい、殺気を含んだ目で犬の死骸に一瞥を呉れると、もう、何も言わず、車に向かって戻って行った。父と僕は車に乗り込む。車窓から見ると、一面、いつの間にか烏が大群で集まって来ていて、早速、犬の死骸を啄み始めている。

「おい、お前、分かっとるやろなぁ」

父が僕に念を押す。母には内緒にしておけという事だ。僕は、声には出さず、軽く頸だけで頷き、返事をした。その日の夜、僕は布団の中で泣いた。不思議と、些細《ちっ》とも悲しいとは思わない。しかし、只々、何処からともなく涙が涌いて来て、何時までも、何時までも、僕は、泣き続けていた。

――四――


「それでは、誓いのキスを」

牧師に促され、神の前で愛を誓う瞬間、僕は、あの言葉と、消毒液の匂い、そして、犬の悲しい目を思い出していた。僕は、場違いな自分に震えていた。この白い教会も、白銀色のタキシードも、白いキャデラックも、そして、白いウエディングドレスを着た彼女も、僕には似合わない。周りに優しくされればされる程、彼女の気持ちが、透明であれば、透明である程、僕は、ドンドンと居心地が悪くなる。消毒液の匂いがする。気分が悪くなり、目眩がする。

「死んで仕舞えばいいのに」

結婚式が終わった途端、あの声と共に、陰茎を硬くした僕は、赤いバージンロードの上に倒れた。

式の後、彼女は、店の女の子達とビーチに出掛けた。僕は、ひとりで部屋に残った。窓を開けると、また一羽、二羽と、鳩が天使の様に舞い込んでくる。窓の外にある、見渡す限りの蒼穹は、残酷な程に、その碧さを誇っている。僕に、こんなものは一番似合わない。鬱々とする気持ちを洗い流したくて、シャワーを浴びに浴室に入る。するとそこには、彼女達の着替えが、そのままになっていた。僕は、その着替えに手を伸ばし、一番お気に入りだった女の下着を抜き取り、自慰に耽った。頭の何処かで声がする。

「もっと、醜く、もっと汚らしく、なればいい」

暫くして、僕は果てた。すると、僕の瞳からは、何処からともなく涙が溢れてくる。僕は泣いた。だけど、少しも悲しいとは思わない。あの時の涙は、犬を殺した時の涙に、とてもよく似ていた。

――五――

結婚式から数年後、未曾有の隆盛を極めたバブルにも陰りが見え始め、僕は、先物取引で失敗をし、経営を始めたばかりの飲食店も、無理をして手に入れた、数か所の土地も全て手放し、更に、借金の総額は一千万を超え、もう、どう足掻いても、借金の返済が不能になっていた。

飲食店を任せていた友人が、電気、ガス、水道を止められ、生の食パンに、キャットフードの缶詰を食べるという生活の末、奥さんと、娘二人に逃げられ、その頃、店に出入りをしていたチンピラと、薬物の売買に手を染め、薬物を売り付けた高校生が、それ絡みで殺人事件を起こし、見せしめの意味もあるのだろう、彼らは、初犯ながら、執行猶予無しの、実刑判決を受け、刑務所に入り、もう、僕に出来る事と言えば、破産宣告の申請を、裁判所に申し立てする事ぐらいしか無くなっていた。

僕は、全ての事を投げ出し、家に籠もって債権者と渡り合う為、六法全書を買い込んで法律の勉強をしていた。しかし、そうやって、借金を踏み倒そうとする僕の姿勢に、彼女は、大きな反発を覚えたのだろう。自分には、なんの責任も、義務も無い、他人の子供に、ずっと欠かす事なく、養育費を支払い続ける様な彼女にとって、あの時の僕の姿は、どの様に映っていたのだろう。彼女の瞳には、僕に対する、猜疑、だけが映るようになっていたのではないだろうか。そんなある日の事。

「なぁ、こんな時に、悪いねんけど、今年のお店の旅行、私、行く事にしたから」

伏し目がちに僕の向かいに座り、畳に目を落としたまま、彼女は、そう僕に切り出した。

「慎也君には悪いけど、私、今年、もう一回、先生達と、ハワイ行って来る」

「お前、こんな時に、何を言うとんねん」

「私、行きたいねん、絶対に、行くから」

僕は、自分がしてきた事は全部棚に上げ、彼女の申し出に激怒した。

破産するからと言っても、その手続きには、申請費用や、弁護士の着手金等、少なくとも、三十万円は掛かる。しかも、判決が下りた後も、破産には「免責の可否」という肝心なステージが残されている。

破産宣告が決まっても、この「免責」が下りなければ、破産は出来ても、債権は消滅せず、こちらの経済状態が、将来、その債務に耐える程に改善してくれれば、何時でも債権者は、強制的に、給料や、財産の差し押さえをする事が出来る。だから、是が非でも、免責は、下りて貰わなければ困る。だが、免責の決定を受けるまでには、半年近い時間を要する。その間、下手に収入があると、免責が下りなくなる事がある。だから、半年の間は、職に就く事が出来ないのだ。

そんな、ギリギリの攻防をしている最中のこの彼女の申し出は、僕にとって、酷い裏切りに感じられた。

「じゃあ、行って来ます」

その場凌ぎの笑顔を残して、彼女は、以前と同じ七泊八日の日程で出掛けて行った。彼女にとって、大切だったのは、

「僕と結婚式を挙げる」

事ではなく、

「ハワイで結婚式を挙げる」

事だったのだと思うと、何故だか、胸がすっと降りて、僕は、ある種の解放感も同時に感じていた。

僕は、何を期待していたんだろう。考えてみれば、僕は、随分と彼女にしがみついて生きていた様に思う。自分の命に、全く価値を見出だせない僕にとって、生きる、と云う事は、何かに、しがみつく、という事なのだろう。

自分の命に重さ（質量）を持たない僕は、何かにしがみついていなければ、この世と云う、すこぶる流れの急激な川の中で、片時も、同じ場所に、踏みとどまる

事が出来なかった。だから、僕はいつも、手当たり次第に、何かにしがみついて、生きて来た。

僕はこの七年間を、彼女にしがみついて、生きて来たと感じた。彼女の心が離れてしまったあの刻、僕は、解放感と同時に、しがみつく対象を失った。混乱した。コントロールを失った。

貴代子が戻る前日の夜、僕は店に出入りしていたチンピラに、以前、冷やかしに貰った睡眠薬を飲んだ。そして、何本かのタオルを結び合わせ、そうして作ったロープを、洗面所の頭上に通る、頑丈な排水パイプに結び付け、眠りに落ちるのと同時に、首を吊った。


――六――


それは、足が地に着いているのではない。辺りは漆黒の暗闇である。下が見えるというのでもない。

しかし、下に目をやると、高所で感じる、あの腰の引ける様な感覚を覚える。されど、頭上を見上げれば、押し潰されそうな程の暗黒が、積み重なる様に堆積している。上でもなく、下でもない。常に、體は空気より鬱陶しく、水分より頼りない何かに蔽われている。僕は、泳ぐ様な仕草で、空気でも無く、水でも無い何かを掻き分ける様にして、前に進んだ。

やがて、滲むほどに暗い、橙の灯火が見えてきた。それは、小さな廃旅館の入口に掲げられた灯明だった。朽ち果てた畳、荒れ放題の障子紙は、年数経過の所為か、触れると粉々になり落下していく。本来なら、酷く饐えた異臭がするのだろう。しかし、その異臭をも凍りつかせる程に、その旅館の中は寒かった。

体内に吸い込む息の冷たさに息苦しくなり、僕は気を失う。しかし、それも束の間、僕は、ゾクリとする人の気配で目を覚ます。僕は、白い死装束を着けた、痩せこけた女の膝に横たわっていた。見上げるものの、艶を無くした黒髪は、彼女の顔全部を覆い隠し、頑なに、彼女が、いったいどこの誰であるのかと云うことを、明かそうとはしない。その時、急に部屋が数十度、斜めに傾いた。

それは、張り詰めた緊張感などと云うのではない。全身の毛穴と云う毛穴に向けて、恐ろしく鋭利に研ぎ澄まされた細い針が、僅か、数ミリの距離で皮膚の表面にある感覚、とでも言えばよいのだろうか。微動だにすれば、次の瞬間、連鎖的に、その鋭利な針が、全身を貫く。そんな、禍々しい緊張感に、僕は包まれた。それは、僕が、今までに感じた、どのような恐怖感とも類似しない、特別な恐怖感だった。

こわい、こわい、こわい、ただ、純粋に、こわいのである。混じりけの無い、透き通るような恐怖。僕は、痩せこけた女の膝に、藁をも縋る思いで縋りついた。女の黒髪が揺れる。人間は、感情が言語中枢で文脈を得て、口をついて言葉が出る、しかし、女の感情は、その一切の行程を無視して、直接、僕の心に飛び込んで来た。

「死んで仕舞えばいいのに」

その、声ならぬ声を聞いた時、僕は、その女が、あの青磁色のワンピースの女の子だと判った。

既に開いている瞼を、再び開くと云う奇妙な感覚の後、僕の目の前に現われたのは、白いヘルメットを被り、白衣に身を包んだ、三人の男の顔だった。

「もしもし、大丈夫ですか」

救命隊員が僕に呼び掛けるその後ろには、あの、白いチャペルの前にいた面々が、泣きじゃくる貴代子の背中を擦りながら、心配そうにこちらを伺い見ている。しかし、その時僕は、露ほども、あの白い教会の中で感じた居心地の悪さも、焦燥感も感じはしなかった。天鵞絨《ビロード》の衣に巻かれる様な、この憐憫の視線に抱かれて、死んで仕舞えたら、どんなに楽だろう。しかし、どうやら僕は生きている。薬の所為なのか、気を抜くと眠ってしまいそうになる。肢体には少しも力が漲らず、だらしなく大の字に醜態を曝している。

「出ていけぇ、みんな、出て行かんかい」

しかし、そんな状態でありながら、声だけは力を取り戻していた。僕は、訳の分からない罵詈雑言を吐きながら、救命隊員に部屋から運びだされ、病院に搬送された。

検査をするまでもなく、僕の身体に異常は無かった。結んだタオルの結び目が、僕の体重にまるで耐えられず、重量が掛かった途端、プツりと切れ、なんの事はない、僕は、致死量には程遠い量の睡眠薬をのんで、グッスリと眠っていたに過ぎなかった。精神状態が落ち着いて、僕は、あの青磁色のワンピースの女の子、そして、死装束の痩せこけた女の事を考えた。否、あれは夢なんかじゃない。確かに、何時もの様に、そこでは消毒液の匂いがしていた。いつの頃からか、僕の身の上に災難がある時、僕は、何時もあの消毒液の匂いを感じる。矢張りあれは、妄想や、幻覚ではなかった。

「死んで仕舞えばいいのに」

# 第六章　自虐

——一——


「慎也君、あんな風になるのは、何時から」

「お前、見たんか」

「うん」

退院の手続きを終えると、僕と貴代子は重い足取りで駐車場に向かった。

「どうや、流石に愛想が尽きたやろ」

考えてみれば分かることだ。由香里のように短期間ではない。貴代子は、もう七年も僕と共に暮らしているのだ。気付かない方がおかしい。

「ごめんね、私、怖くて、言えんかった」

俯く貴代子の横顔には、七年間の苦悩が満ちていた。それは、ひたすらに耐え続けた者だけが見せる、困惑の表情。もう、楽にしてやらねば。僕は貴代子に告げた。

「別れよう。もう、無理する事ない。そうやろ」

沈黙が始まった。たぶん、彼女の頭の中では、架空のスクリーンに数え切れない程、沢山の映像が流れているのに違いない。僕らは、無言のまま車に乗り込み、家に帰るでも無く、ただ、真っ直ぐに、国道二号線を西に走り始めた。

「あれは何なのか、慎也君は、分かってるん」

「分からん、何故、あんな風になるのかなんか、皆目分からんよ。体も、全く自由にならん。そうやな、拘束されて、針の先ほどの小さな穴から、世界を覗いてる、そんな感じかな」

「それって、何か、精神的な、病気なん」

「どうやろ、ただ、何時の頃からか、自分の中に、女の子が一人、棲んでるのは、解ってる」

神経障害の一種でエイリアンハンドシンドロームと云う奇病がある。古典的には、半側身体失認などの認知面を強調した、次の三徴候が挙げられる。

感覚障害が無いのに、一方の手が、他方の手を、自己に所属すると認識できない（見ないと自分の手だということがわからない）一方の手の動きが、自己の制御下に無いと云う感覚を言葉で訴える。手の人格化。だが、現在では、一方の手が、自分の意志とは無関係に、恰も他人の手のように、あるまとまった運動をするという点が重視され、定義も次のようになった。

一方の手が、意志による統制から離れて動き、もう一方の（意志に従う方の）手や言葉で表現された患者の意思との間に、乖離が生じた状態。原因としては、右脳と左脳を繋ぐ、脳梁のダメージにより起こるそうだが、僕の場合、手だけではなく、全身が、自分の意思と相反する行動を起こす場合がある。それは、父親の虐待の最中と、その後である。

父の暴力が始まると、僕の視界は、カメラがズームアウトする様に、針の穴ほどの大きさに変化する。感覚は遮断され、意識には、そのピンホールからの映像情報のみが脳に入ってくる感じだ。（その辺りに転がっている、塩化ビニールで出来た、玩具の人形の中に居ると感じる時もある）それは僅かな情報だが、自分が置かれている危機的状態は把握できる。しかし、痛みも何も感じることは無い。半身麻酔による、外科手術を施されている感覚に近いのかもしれない。

父の暴力が終わると、突っ伏した僕の体を、誰かが愛撫を始める。それは他でもない、僕自身の両手である。その愛撫は、執拗に続く。

「死んで仕舞えばいいのに」

文字にすると、その様な意味合いの言葉が、脳裏に浮き上がる、それと同時に、僕の視界が、今度はズームアップされ、元の世界を取り戻す。

あれは多分、十二才になった頃だ。ある日、精通が起こった。それを機に、僕の両手の愛撫は、次第に愛撫などと呼べるものではなく、それは、何時しか、拷問にも値する行動を取るようになって行く。家を出て、父の虐待から開放された頃になると、それは、命の危険すら伴うものへと発展してゆく。

「異物」

僕の手は、あらゆる鋭利な異物を、僕に突き刺そうとする。それは何時しか、針から刃物に変わってゆき、最後には、トイレで出刃包丁を両手に握り締め、何時間も、何時間も、自分の腹を突き刺したい衝動と、格闘する事さえあった。

「壊れてしまえ、こんな身体、壊れてしまえ」

文字にすると、その様な意味合いの言葉が、その最中、頭を支配している。しかし、その拷問は、恐るべき事に、苦痛や恐怖ではなく、正常な性行為など及びもつかぬほどの快楽なのである。

その得体のしれぬ感覚と、感情にのたうつ僕の姿を、貴代子は、何度か目撃してしまったようだ。

「慎也君、怖い、私あれ、もう怖いよ」

「もう、終わりにしよう、心配するな、すぐに、出て行くから」

「そう云う事じゃない、そんな事、簡単にそんな事、言わんといてよ」

僕らはその日、岡山県の日生漁港から船に乗り、大多府島へと渡った。島に一軒だけある寂れたホテルの部屋をとり、蝦蛄えびや黒鯛、牡蠣料理を堪能した。セミダブルのベットで、身体を重ねることもなく、手をつなぐこともなく、ほぼ、僕らは別々に眠った。それが答えだった。もう、僕は彼女を抱けないし、彼女も、僕を抱けない。朝、目覚めると、帰り支度をしている彼女が居て、彼女の「おはよう」は、いつもと同じニュアンスの「おはよう」で、彼女は、七年の情と、惰性に、それでも決別する事を戸惑っていた。

僕らは何事も無かったかの様に、ホテルの料理の旨さを話し合い、帰りに、牡蠣や蝦蛄えびをどっさり買い込んで自宅に戻った。僕は帰宅すると、部屋のあちこちにある、外れたネジを締めたり、開き難くなった襖を直したりした。風呂の排水パイプに洗浄剤を流し込んだり、高い場所にある要らないものを整理し、清掃した。貴代子が作った夕食を食べた後、僕は、何時もの様に、悪い友達の誘いに応じて家を出た。そして、それきり、家には帰らなかった。随分と以前から、抽斗に入れていた、二度目の離婚届に、印を押して。

# 第七章　獣

## ―一―

広子は、何処か獣じみた匂いがしていた。それは、纏わりつく様な褐色の肌の所為なのか、それとも、日本人にしては、濃い体毛と、体臭の所為なのか。兎も角僕は、彼女の中に宿る「獣」、それが酷く苦手だった。

その頃、僕は悪い仲間と、毎晩の様に夜の繁華街に繰り出し、女をナンパしてはホテルに連れ込む、そんな、怠惰な日々を繰り返していた。彼女ら四人と、僕ら四人は、もう、最終電車も終わって、閑散《ひっそり》とし始めた繁華街の片隅にある、ピンクチラシに塗れた、小汚い、緑の電話ボックスの前で知り合った。

僕らと彼女らは、日を変え、場所を変え、相手を換えてセックスをした。僕らは彼女らで、余り健全とは言えない部分の性的欲求を試したし、彼女らは彼女らで、日常的な人間関係のある相手には、決して、見せる事の出来ないであろう、性的な心の闇を僕らの身体に投影する事で、それらの人達の前で演じる、前時代的女性像と、何時しか自分達の中で萌芽していた、自由奔放な、現時代的女性像との軋轢を、緩和させている感が有った。

僕らは暫く、そんな形の関係を続けていた。しかし、やがて、誰もがそんな仮初めの関係を清算して、現世《うつしよ》の伴侶と、ありふれた日常の中に、埋没していった。そんな中で、広子と僕の関係だけは続いていた。やがて、僕の結婚生活は破綻する。僕は、着の身着のままで、広子のマンションに転がり込む事になった。

広子は誰とでも寝る。男女の関係に於いて、タブーというものを日常の中に作らない。そして、それはセックスに於いても、同じ事だった。だから彼女は、男どもが思い付く、下卑た猥褻な要求を、素っ気無いほど、只、諾々《だくだく》と受け入れ、また、それを恥じる素振りもなく、僕に話した。

そんな彼女は、男どもにとって絶好の玩具だった筈だ。頭のいい彼女が、どうして男どもの玩具という立場を甘受していたのか、彼女の心の闇を、その時の僕は知るよしもなかったし、そしてまた、最後まで、そこを覗く事は、その時の僕には叶わなかった。

彼女のプライベートについても、僕は、それまで殆ど知らなかった。昼に起きて夕方になると仕事に出掛ける彼女は、「夜の女」なのだが、しかしそれは、多分、酒舗《BAR》や倶楽部《Club》の酌婦《ホステス》というのではなく、僕が思うに、彼女は、風俗で働いていたのではないかと思う。だが、決して僕は、彼女にその事を、一度足りとも問い質した事はない。だから、僕の想像が、必ずしも現実と一致するかどうか、詳《つまび》らかな判断はできない。

身長百六十八㎝、体重四十五kg、長く伸びる四肢と、当時上陸して来たヒップホップダンスで引き締めた彼女のその肉体は、客観的には、それは素晴らしい質《もの》だった。そして、それと相俟って、彼女が持つ、何処か日本人離れした、スパニッシュを思わせるその面立ちは、どう安く見積もっても、場末の酒舗でお目にかかれる類の女とは、一線を敷くものが有った。

考えてみると、彼女は、この自分が納まっている肉体に翻弄され、きっと、その肉体の持つ属性とは、大きく掛け離れた自分の魂の居場所に、ずっと悩み続けていたのかもしれない。

男が彼女を見て、先ず頭に思い描くのは、彼女との「ＳＥＸ」だろう。そして、いつの頃からか彼女は、その自分の肉体が持つ属性に気付き、絶えず、そんな目で、自分を視姦する男という生き物に、失望してしまったのだろう。そして、それと同時に、艶めかし過ぎる自分の肉体に、異常なまでの嫌悪感を抱き、自らを、自暴自棄の沼に、投じてしまったのかもしれない。

もし彼女が、もっと男という生き物に希望を抱いていて、世間の女並みに、恋心を見出だす事が出来ていれば、彼女は、もっと自分を大切にしていたのかもしれない。彼女の心とは裏腹に、彼女を包む肉の獣は、常に快楽を求めていた。

……もっと……もっと、タブーを犯して……もっと汚されたい……

彼女は、絶えず、ドラッグを使用していた様だった。

彼女は、自分の中の良心を黙らせる為にドラッグを使い、本当は大嫌いなセックスに、それは、自虐的なまでに自らを追い込もうとしていた様に思う。

不特定多数の相手と関係を持ち、更に、金で見ず知らずの男に抱かれ、薬に溺れる事でしか、彼女は、自分が生きていると云う事を、確かめる術を知らなかったのだろう。

僕は、他の三人の女は全て抱いたが、実は、彼女だけは抱かなかった。僕は、フェロモンが匂いたつ様な、彼女を包む獣性が、他の男なら、誰しもが誘い込まれ、食い尽くされてしまいそうな、そんな、彼女の肉体が、どうにも苦手だったのだ。

　だから、彼女が僕に興味を持ったのは、多分、自分からセックスを取り除いた残りの部分と、何気なくお茶を飲み、食事をし、他愛の無い話しで笑いながら、時間を惜しむでもなく対峙している男と云うものが、とても、珍しかったからではないだろうか。あくまでも、それは僕の、推測に過ぎないのだが。

　貴代子と暮らした家を出て、僕は広子のマンションに転がり込んだ。もちろん、彼女には複数の男が居るだろうとは考えていたし、それをどうこうしようとか、増して、広子を自分のものしようなどとは考えてもいない。

「悪いな、何にも云わんと、一か月程だけ、世話になっても構わんかな」

「うん、いいよ。でもその代わり、誰かが、慎也君の事、殺しに来るかもしれないよ」

「あはは、うん、別にかまわんよ。じゃあ、生命保険の受取人は、広子にしとく、それでいいかな」

　そんな風にして、僕と、彼女の、奇妙な同棲生活が始まった。

彼女は、昼の十二時に目覚める。仕事に出掛けるのは、水、木、金、土曜の四日だけ。偶に月曜や火曜に出掛ける事もあるが、殆どは週休三日制だった。この三ＬＤＫのマンションの家賃と、クローゼットに並ぶブランド品の数々を見るだけでも、彼女の収入が半端な額ではない事が判る。と云うのに、彼女は、週に四日、それも、一日、たった六時間程の勤務時間で、その金額を稼ぎ出していた。

まぁしかし、それ以上、僕は彼女の事を深く詮索はしなかった。詮索したところで、彼女のそんな情報は僕にとって何の必要もなかったし、彼女も、一切僕の過去には触れようとはしなかったからだ。だから、僕と彼女の間に有ったのは、他愛の無い会話と、僕が作る食事と、彼女のおしゃべりが、寝息に変わる、僅かな間の、僕の腕枕だけ。それ以上は何も無かったし、何も無い事で、彼女と僕は、同じ空間を共有出来ているのだと、その時の僕は、そう信じていた。（特に冷え症の彼女は、自分が家に帰った時、ベッドが暖まっている事をとても喜んでいた。）

当初、約束していた一か月など、あっと言う間に過ぎてしまった。「破産」「自殺未遂」「二度目の離婚」僕のダメージは、自分で思っているより遥かに深刻で、住居を探したり、職に就いたりする気力がなかなか沸いて来ず、僕は、一日中外に出る事もなく、只、茫《ぼう》っと家事をして、時を空しくしていた。

そんな僕に対して、彼女は何も意見しなかった。励ます事も、慰める事もしない。毎日、食費と称して、五千円をリビングのテーブルの上に置き、食べたい物のリクエストが有れば、それをねだり、結局、僕が居る間は、誰かが僕を殺しに来る事もなく、彼女は、安寧の中で僕を支えてくれた。

この、彼女の奇妙な優しさ、そして、その優しさの中での奇妙な同棲生活が、僕を少しずつ元気にしてくれる。僕は、同棲生活が二ヵ月を過ぎる頃、友人の紹介で、とある運送会社に就職の内定を貰える事になった。長距離輸送のこの会社を選んだのは、この会社の勤務体系なら、例えば、月曜の朝に出勤して、市内のどこかで荷物を積み込み、関東や九州に一度出発してしまえば、会社は、こちらが希望しない限り、続けて荷物の用意をしてくれる。だから、週に一度だけ帰る場所があれば、それで事が足りてしまう。つまり、彼女に、なるべく負担を掛けずに済むという訳だ。

しかし、彼女の反応は、僕の思惑とは随分と掛け離れたもので、その報告をすると、彼女は、不貞腐《ふてくさ》れた様に布団の中に潜り込んでしまい、外に出て来なくなってしまった。何を話し掛けても無視をする。僕は、仕方なく、彼女の大好物のオムライスを作り始めた。

僕のオムライスは、オムライスと言うよりは、和風のリゾットに近い。少量の和風出汁に味醂、酒、醤油、砂糖で味付けをし、鶏肉、玉葱、人参、ホールトマト、後、有れば茸類を出汁で煮立てて、そこに米を加える。ある程度水分が飛んだら、最後にケチャップで味を調える。フライパンを一度軽く煙がたつまで熱した後、火を止めて余熱でバターを溶かし、焦げない様にバターを溶かしたら、再び弱火でフライパンを火に掛ける。溶き卵を流し込み、掻き回しながら半熟程度に固めたら、リゾットを加えて卵で巻いて行く。卵とバターは何があっても焦がしてはいけない。たとえ電話が鳴ろうと、訪問者があろうと、強盗の類が侵入して来ようと、決して目を離してはいけない。

僕は、オムライスをダイニングテーブルの上に用意すると、彼女に呼び掛けた。

「広子、オムライス、出来たよ」

「ねぇ、その、就職、断れないの」

「なんで、断ったら、ここから出て行けけんやんか」

「出て行かなくていい、ううん、出て行って欲しくないの」

「広子……」

「お願い、もう少しでいいから、私を、一人にしないで」

彼女は布団から出てくると、ライオンの立て髪の様に、乱れたセミロングの髪をゴムで束ね、ダイニングテーブルの椅子を引き、席についた。

「私、どうすればいい、どうすればいいの」

そう呟くと、彼女は既に冷めてしまったオムライスにスプーンを突きたて、それを食べるでもなく弄んでいる。そして、スプーンの先を、凝呼《じっ》と凝視《みつめ》ながら、何処か、いま居る場所から遠離る様に、何かを考え始めた。やがて彼女は、その考える間の空白を埋めるかの様に、冷めてしまったオムライスを淡々と口に運び、食べ終えると、それは、愚痴を零すと言うには、余りに現実から掛け離れた、僕を殺すかもしれないと云う、和也と云う男の性癖について話し始めた。

——二——


「彼の部屋に初めて行った時、私は、見てはいけないものを、見てしまったの」

和也の部屋の雨戸は、常時閉まったままで開けられる事がない。そして、その上に、さらに分厚い遮光カーテンが窓を覆っている。和也には、世間から隠さねばならない存在《もの》がある。それは、この部屋に彼と共にひっそりと暮らしている、二人の、女の子達の存在だった。その女の子達は大人しい。凝呼《じっ》と息を殺して、仲良く二人ソファーで、何をするでもなく座っている。否、正確に言うと、息を殺しているのではなく、息をしていないのだ。彼女達は、食物を口にする事はない。だから排泄をする事もない。汗もかかなければ、分泌される様々な体液の化学変化による異臭を放つ事もない。なのに、彼女達の肌は、まるで生きている人の様に瑞々しく、張りがあり美しい。それは、逆に生きている側の、居心地が悪くなる程に。

「か、和也、こ、これはいったい、なんなの」

和也の父親が、同性愛者であることが世間に知れた時、半狂乱になった母親は、和也を置いて家を出てしまった。父親は荒れた。生活保護を受けながら精神科に通い、その一方で、不法薬物の売買に手を染める。父親は、自らも不法薬物にどっぷりと首まで漬かる生活に堕ちていった。

薬で頭の狂っている父親にとって、和也は生活保護を受ける為の道具であり、また、憂さを晴らす為のサンドバックであり、そして、歪んだ想いを処理する為の玩具でしかなかった。和也には、何を拒む権利もなかった。

「なんやぁ、わしのガキを、生かすも、殺すも、わしの自由やないかい、ほっといたれや」

和也は、父親の性的虐待と暴力の中で、ずっと、怯えて暮らして来た。

和也が通っていた小学校の門を出て東に歩いて行くと、少し小高くなった丘がフェンスの先に有った。フェンスを乗り越え、その丘を登って行くと、頂上付近には、稲荷神社があり、その神社の裏の森には、昔の防空壕の横穴がそのままに、ぽっかりと開いた黒い入り口を冷たい山肌に貼り付けていた。

和也は、学校が終わっても真っ直ぐ家には帰らない。家に帰れば、あの父親が、薬をやりながら、ゴソゴソと何かをしていて、機嫌を損ねようものなら、何をされるか分からないからだ。そして、あの父親の所為で、和也には、誰ひとりとして友達がいなかった。

「皆、親に、言われるんだろうね、あの子と遊んじゃいけないって」

学校から一歩外に出ると、友達はおろか、教師ですら、和也に関わろうとはしなかった。

だから、和也は学校が終わると、給食の時に残したパンと牛乳のパックを持って、いつも、その壕に寄り、空が雀色時を迎えるのを一人で待った。寒くても、寂しくても、あの父親と過ごすよりは、ずっと増しだったから。

冬のある日、雪曇りの空が、いつの間にか霙《みぞれ》混じりの雨を降らせていた。傘を持ち忘れた悲しさに、和也は、ずぶ濡れになって壕に駆け込んだ。すると、仄暗い壕の奥で、何かが動く気配がする。和也は、ハッとして、恐る、恐る、壕の奥を覗き込んだ。

目を凝らして暗がりを見ると、それは、和也と同じく、ずぶ濡れになった、真っ白な猫だった。猫は、その白い身体を、物憂そうに地面に横たえていた。

和也と猫は、暫くにらめっこをしていた。和也は、ランドセルから給食の残りのパンと牛乳パックを取り出し、猫の前にそれを差し出してみる。猫は最初、和也が近づいて行くと、サッと身を起こし、逃げる気配を表した。しかしどうやら、和也が差し出すパンと牛乳には、少なからず興味があるらしい。猫は暫くその体制で、鼻をヒクヒクとさせた後、和也の手に身体を押し付け、ゴロゴロと喉を鳴らし始めた。きっと、その猫は、生粋の野良猫と云うのではなく、以前は、誰かに飼われていた事があるのだろう。猫はすぐに和也に懐いて、和也の手から餌を食べるようになった。

それからと云うもの、和也は、毎日、猫に餌を与えるようになっていった。それは、マリと名付けたその白猫が、妊娠をしているのを知ったからである。マリのお腹は、日に日に膨らんで来る。和也は、それは、何か、ある種の責任感のような想いにとらわれて、マリの為に、襤褸布《ぼろぎれ》やダンボールを集めて来て、マリに、塒《ねぐら》の様なものまで作ってやった。

やがて五匹の子猫が産まれた。出産直後は警戒していたマリも、暫くすると落ち着きを見せ始め、次第に和也が子猫に触れる事を許す様になっていった。産まれたばかりの命は、頼りない足取りで和也にしがみついてくる。小さな命は、とても温かくて、そして、とても愛おしくて、和也は、そんな子猫達のために餌を集める努力を始めた。六匹もの猫を養うには、自分の給食の残りだけでは足りない、和也は、給食の時間が終わると、クラスの子供達が食べ残す残飯をこまめに集めた。口さがない子供達の中には、和也を乞食呼ばわりする者も居たが、和也は、そんな事は気にならない。所詮、学校を一歩出れば、目を合わせる事すらしない、赤の他人でしかないのだから。

和也が壕に訪れると、マリと子猫達は、もう既に和也が来るのを首を長くして待っている。和也が訪れる足音が聞こえると、マリと子猫達は、すぐさま壕の中から飛び出して来て、喉を鳴らしながら和也に擦りよってくる。この子達は自分を待っていてくれる。この子達は、自分を必要としてくれる。生まれてからずっと、誰にも必要とされた事のない和也にとって、マリと子猫達は、和也の世界の全てになっていった。

三月の初旬。その日は、冬と云いながら穏やかに晴れた日で、優しい木漏れ日が、森の下草の上に降り注いでいた。

和也は、何時もの様に神社から森に入り、壕の前に立つ。何時もなら、もう喉を鳴らしながら擦りよってくる筈のマリと子猫達の姿が見当たらない。そして、その見当たらないマリと子猫達の代わりに、和也の背後からにじり寄って来たのは、目の焦点の合わない、虚ろな表情をした、和也の父親だった。

「こらぁ、恥かかせやがって、この糞餓鬼がぁ」

給食の残飯を集める和也の様子を、担任の教師が市の福祉課に報告し、児童福祉の担当者が和也の父の元に調査に来たのだ。

父親の手にはゴルフのアイアンが握られていて、そのヘッドの部分には、黒く固まりかけた血がべっとりと付着している。

「ほんま、ろくな事しやがらんのぉ、こんな野良猫、餌付けしやがって」

父親は、手に持ったアイアンで和也の鳩尾辺りを殴った。

「ぐうっ」

和也は、たまらず膝から崩れ落ちる様にして倒れた。すると、倒れた和也の視界に飛び込んで来たのは、父親の握るアイアンにより、無残に殴り殺された、マリと、子猫達の骸だった。

父親は、倒れた和也に一瞥をくれると、嘲けりとも、憎しみとも覚束ぬ視線を和也に落とし、和也の元を離れて行った。

和也は、マリと子猫達の骸に手を触れた。あんなに楽しそうに動き回っていたのに、あんなに温かかったのに、骸は冷たく、そして、二度と動く事は無かった。


――三――


「広子、僕は、僕はあれから、生身の人間に、生身の女の肌に、触れる事が出来なくなったんや」

広子の問い掛けに、和也はそう答えた。

「じゃあ、貴方は、もしかして」

「あぁ、僕は、女を抱いた事がない。否、そこに座っているあいつらを、女と仮定するなら、僕は、生きた、生身の女を、抱いた事が無い、と云う事になる」

その日から、広子はずっと、和也と時間を共にした。風俗で働く広子にとって、和也と時間を共にする為の環境を作る事は、そう難しい事ではなかった。現金は通帳に一千万円以上ある。誰かに拘束されると云う事もない。広子は、様々な、そして、広子が知り得るあらゆる手を尽くして、和也のトラウマに挑んだ。しかしその努力は虚しく、和也がトラウマを乗り越える事が出来ないまま、虚しく日々は過ぎていった。

和也との生活が二ヶ月を越えた頃、広子はフラッシュバックに襲われ始めた。和也の過去には薬物に対するトラウマがある。だから広子は、そんな和也の為に薬を断っていたのだ。禁断症状の為、広子は持病のうつ病に苛まれ始める。何をやる気にもなれない。身体が鉛の様に重い。気持ちは、ドンドンと落ち込んでいく。程なくして、広子は、殆ど話しをする事さえ出来なくなっていった。

「苦しかった、微笑む事さえ出来なくなったの。周りの物が、昔の、8ミリフィルムの映写機で映す光景の様に、全てがセピアに色褪せて見えた。死にたい、死んで仕舞いたい。そんな事しか、考えられなくなって」

広子は、終に和也の目を盗んで薬を買った。そして、トイレでこっそりとそれを使い、買い置きのトイレットペーパーの中に残りの薬を隠した。しかし、凡そ二か月振りに薬を使った広子の様子が、明らかに日常とは異なる事を、和也は見逃さなかった。

「広子、お前、薬使ったやろ！」

「ごめんなさい」

「お前、ふざけるな！　僕が、僕が薬の所為で、あの父親に、どんな目に遭わされて来たか、話したばっかりやないか！」

「ごめんなさい」

「帰れ」

「え……」

「もう、終わりにしよう」

「和也」

「もうええ、もうええから、早く、ここから、出て行ってくれ」

広子は和也の部屋を後にした。ところが、広子がタクシーを降りて、自分のマンションのエントランスに足を踏み入れた途端、広子の携帯が鳴った。

「広子、直ぐに戻ってきてくれ」

「和也、どうしたの」

「ええから、直ぐに、来てくれ、直ぐに来い……ガチャン」

広子はエントランスに足を踏み入れぬまま、また直ぐにタクシーを拾い、和也の部屋へと向かった。

合い鍵で和也の部屋の扉を開け中に入ると、和也が、全裸で、あの、シリコン製の皮膚をした彼女達を抱き、何かに憑りつかれた様に狂乱している。

「かっ、和也」

「広子、服を脱げ、早く、服を脱ぐんや」

「和也、彼方、もしかして」

「早く服を脱げ言うてるやろ、広子、そして、そして、頼む、頼むから、死んだ振りをしてくれ」

# 第八章　悟り

――一――


「ねぇ、慎也君、人は死んだら、どうなるの」

ひとしきり語り終えた広子は、自分のバージニアスリムに火を点け、その立ち上る煙を目で追いながら、そう、僕に訊いた。

「人が死んだらか、人は、死んだら、元の姿に戻るだけや」

「元の、姿」

「そう、元の姿や。僕らの、今のこの姿は、仮初めの質《もの》や、僕らは、本当は、もっと、全然、価値観の違う、世界に住んでいた」

「価値観の違う世界って、どんな世界なの」

「うん、そうやな、それは、つまり、人が魂と呼んだり、心霊と呼んだりする、世界かな」

「慎也くん、霊って、本当に、居るの」

「勿論、居るよ。まぁ、広子が今思っている様な質《もの》とは、随分と違う質やと思うけど」

「ねぇ、解る様に説明してよ」

「無茶言うなよ、たぶん、そんな簡単には、理解でけへん」

「いいから、話してよ」

「だから、無理やって」

「いいから、無理でも、何でもいいから、お願い、教えて」

そう言うと、広子は立て続けに新しいバージニアスリムを取り出し、再びその筒先に火を点けた。僕も、彼女のそれに習い、自分のマイルドセブンの筒先に火を点ける。立ち上る煙を目で追いながら、僕は暫く考えた。彼の世の事を言葉で説明するのは、非常に困難極まりない。僕は考えた末、釈迦の教えである、般若心経の和訳から言葉を借りてみる事にした。

ずっと昔、観音様が深い智慧を完成すると云う、深般若波羅密多を修行していた時、物質や精神は実体がなく、「空」の状態だと云う事を悟り、全ての苦しみから抜け出す事が出来ました。

## ―二―

舎利沸よ、この世に於ける物質は実体の無いものであり、実体の無いと云う事はまた物質を離れては有り得ません。すなわち物質は実体の無い物であり、実体の無い物が物質なのです。またそれは感受作用、知覚作用、意志作用、判断作用と云った精神も同じ事です。

舎利沸よ、この世に於ける総ての現象は実体の無い状態ですから、生じたり、滅したりする事は無く、汚いとか綺麗と云う事もありません。また、増えたり減ったりする事も無いのです。「空」と云う立場に於いては、物質と云う規定も無く、精神もなく、感覚器官やその対象となるものもありません。視覚、聴覚、嗅覚、味覚、触覚、意識も存在しなければ、それぞれの対象となる形ある物、味、感触、観念もありません。視覚の世界から意識の世界に到まで、感覚の世界は無いのです。

道理に暗いと云う事はなく、道理に暗い事が尽きる事も有りません。また、老と死もなく、老と死が尽きる事もないのです。苦しみや苦しみの原因も、苦を滅する事も、苦を滅する道もありません。智慧も無ければ、悟りに達する事も無いのです。

この様に悟りに達する事を否定される境地に住むからこそ、仏の道を極めようとする者は、智慧の完成を寄りどころにし、心を曇らせる事がありません。曇りがないから恐怖も無いのです。迷いや妄想からも遠く離れ究極の悟りの境地に到達出来るのです。過去、現在、未来に渡る諸仏も総て智慧の完成による悟りを得たのです。だからこれを知るべきです。般若波羅密多は大いなる真実の言葉です。この上ない真実の言葉であり、比較するものがない真の言葉です。総ての苦悩を除くものであり、真実で虚しくありません。だから般若波羅密多の真実の言葉を説きましょう。行ける者よ、行ける者よ、彼岸に行ける者よ、彼岸に共に行ける者よ悟りよ幸いあれ。此処に完全なる智慧が完成する。

僕は、灰になり掛けている煙草を口に運び、最後の一吸いを吐き出した後、再び話しを続けた。

「僕らの身体を、小さく、小さく分解していくと、たった一種類の粒子になる（球体ではなく）。僕らは、その粒子が集まって出来ている泥人形の様な質なのかもしれない。このテーブルも、このお皿も、広子が持っているその煙草も、様々な属性を持った物質や。でもな、それを、小さく、小さく分解していくと、最後には、みんな、その一種類の粒子に還ってしまう。つまり、物質に実体はない。集まっているから、それがこのテーブルであったり、皿であったりに見えるだけで、本質は、みんな同じ物でしかないんや。この宇宙にある様々な物は、その集まり方によって様々な属性を持つ。しかし、元は、総て一種類の粒子から出来ている。本質は、属性にはなく、その一種類の粒子の方にこそある。湖を見た事がない人の為に、湖畔に行って、グラスに湖の水を汲んで来てあげたとする。そして、湖の水が入ったグラスを見せて、さぁ見て、これが湖やねんでって、見せたら、果たして、その人は正しく、湖と云う質を理解する事が出来るやろうか。恐らくその人は、湖水と、そうではない真水との区別をつける事すら出来ないやろう。勿論、そのグラスの中にあるのは、湖の瑣末な一部には変わりない。でも、残念ながら、グラスの中の湖は、湖から掬いあげられた瞬間、湖ではなく、ただの水になってしまうんや。人がこの世に生まれると云う事は、「宇宙」と云う大きな湖から「人間」と云う型をしたグラスで、その瑣末な一部を掬いあげると云う事や。僕らは、そうして「人間」と云う形、属性を持って、今ここに存在している。

逆に、そのグラスの中の水を、今度は、湖に戻すとどうなる。グラスの中の水は、一瞬にして、湖にその姿を変えてしまう。そして、もう二度と再び、グラスの中にあった水と同じ水を、湖から、分けて取り出す事は、不可能や。仮に将来、所謂《いわゆる》、輪廻転生と云うチャンスが与えられたとしても、矢張り、以前と全く同じ内容の水を、湖から分けて汲み出すと云う事は不可能なんや。それは、仮令、神様であっても、矢張り、不可能な事なんやと思う。死ぬと云う事は、そう云う事なんや。だから、命とは、永遠に絶える事のない存在《もの》でありながら、今、ここにある命は、その時限りで、二度とは無い、唯一無二の存在でもあるんやと、僕は思う。

神と云う存在を定義するなら、その湖、全体、つまり、宇宙全体が「神」。そして、魂や、霊と云う存在を定義するなら、それ以上は小さくする事の出来ない、小さな、小さな、瑣末な粒子の一粒が「霊」。だから、霊も、人も、神も、実は、同じものであり、只、呼び方が違うだけに過ぎないんや。死ねば、僕らは、その粒子レベルに分解されて、宇宙と云う湖に溶けて、そこでひとつになる。神の瑣末な一部として、神の中に溶けてひとつになる。元々居た、最初の場所に戻る。唯、それだけの事なんやないかなと、僕は思う」

「慎也君、ありがとう。世界って、不思議なんだね」

僕の説明が終わると、そう言いながら彼女は、髪を束ねたゴムを取り除き、軽く頭を左右に振った。カーテンの隙間から差し込む昼下がりの日差しに、彼女が振った髪の毛先が掠ると、一瞬それは、綺羅綺羅《キラキラ》と輝いて、金色の飛沫の様に僕には見えた。

「あはは、そんな風にして出来ているこの世界が不思議。こんな風になってしまった自分も、あんな風になってしまった彼も、そして、私を抱きもせずに、ただ、傍にいてくれる彼方の事も、全部、全部、不思議だよ」

「珈琲、入れよっか」

僕は彼女のそれには答えず、マグカップを取り出し、インスタント珈琲の瓶の蓋を開けた。スプーンは使わず、無造作に、マグカップに適量の粉末を入れ、ポットの湯を注ぎ込む。

「さぁ、どうぞ」

僕は、彼女の前にマグカップを置くと、再び彼女の向かいに腰を下ろした。彼女は、それは、とても大切な物を包み込む様にして、両手でカップを持つと沈黙した。しかし、やがてまた、何かを思い出した人の様にして、僕に視軸を移すと、それは、どこか少し非難と抗議を含んだ目で、僕に訴えた。

「どうして」

「えっ」

「ねぇ、どうして、そんなに優しいの」

「どうしたん」

そう尋ねる僕の視線をかわす様に、彼女はまた再び、マグカップに視線を落とした。彼女は、持っていたマグカップをテーブルの上に置く。マグカップに添えられている彼女の手が、微かに震えている様な気がして、僕は、テーブル越し、ほんの僅かな距離にある、彼女の手に、手を重ねた。

「慎也君、誰にでも、そんなに優しくしちゃ駄目だよ」

「広子」

「慎也君と居ると、女は勘違いしちゃうんだよ」

「勘違いって、何を」

「ううん、勘違いだけじゃ済まなくなって、その内、その内、慎也君、刺されちゃうよ」

「どないした、急にそんな、物騒な事を言い出して」

「物騒、物騒なのは、慎也君の、その優しさの方だよ」

「優しいのは、あかん事なんか」

「ううん、普通の女にならそれでいい、でもね、私みたいな女には駄目。私みたいな女はね、身体に飽きると、男は、すぐに裏切るの。だから、私は男になんて、なんの期待もしていない。あはは、なのにね、そんな女でも、こんな風に優しくされたらね、もしかしたら、もしかしたらって、思っちゃうんだよ。そんな風に思っちゃうとね、女は、女は怖いんだよ」

「……」

「だって、さっき、慎也君が出て行く話しを始めた時、私、本当に後ろから、刺してやろうって考えてたんだから」

彼女はそう言うと、唇を尖らせて、僕の手を突き放し、金色の髪を揺らしながらバスルームへと消えていった。僕は、食器を片付けた後、彼女の部屋にある包丁をシンクに集めて、その刃の切れ具合を確認した。包丁は全部で三本。普段使う包丁以外は随分と痛んでいて、赤茶けた錆びが浮いている。こんな物で刺されたら堪らない。多分、痛みで気を失う事さえ許されないだろう。同じ刺されるなら、なるべく痛くない方がいいに決まっている。僕は、砥石を取り出して、包丁を研ぎ始めた。砥石に水を馴染ませ、目算で角度を決める。そして僕は、悠寛《ゆっくり》と砥石の上に刃を滑らせ始めた。角度が変わらない様に、手と、腰を固定して、それは、住所録の中に在る、たった一人の人の名前を探す時の様に、慎重に、丁寧に、僅かな刃こぼれさえ逃さないように、僕は、一心不乱にその作業を進めていった。

「誰にでもそんなに優しくしちゃ駄目だよ」

あの、ワイキキに居た鳩の群れが、閉め忘れた窓から突然舞い込んでくる様に、一心不乱に刃を研ぐ僕の空虚な頭蓋に、広子の言葉が再び蘇る。
そう言えば、何時だって僕はそれでやって来た。相手の欲を見つめ、相手が望む事に思いを馳せ、何時だって、その人が望む物事が、なるべくなら、なるべくなら叶う様にと、何時も僕は願う。僕には、それが正しい事だと思えたから。否、それが、相対する人と自分の利益になると、信じていたから。だから、僕は、それでずっとやって来た。でも、振り返ってみると、見えるのは、何時も、見渡す限りの荒廃した思い出ばかり。僕は、今まで、誰一人として幸せにする事が出来なかった。誰一人として、僕の周りで笑っている人は、いつの間にか居なくなっていて、気が付くと、何時も、誰かが僕の周りで不幸になっていた。

……本当の優しさとは、いったい、何なのだろう……

ちょうど全ての包丁を研ぎ上げた頃、広子は長い風呂を終え、ピンクのバスローブを羽織り、浴室から出てきた。
「何してるの」

研ぎ上げた包丁の刃を、片目を瞑り確認している僕を見て、どうやら広子は驚いた様だ。

「広子、なるべくなら、これで刺してくれ」

僕は、一番刃の薄い、柳刃包丁を広子に手渡した。

「どうしてこれなの」

「そいつは一番刃が細くて薄い。だから、抵抗なく心臓を貫いてくれる筈や。なるべくなら、苦しみたくはないからな、だから、綺麗に研いでおいた」

「あはは、可笑しい、マジで考えてたの」

「マジや、別に刺したいなら、刺しても構わん」

「そか、出て……行っちゃうんだ」

「うん……」

刺されても構わない、そう思った。広子が刺すなら、それならそれで、構わなかったのに。

# 第九章　儀式

## ――一――

広子が死んだのは、僕が彼女の部屋を出て、四十一日目の水曜日だった。

仕事で関東からの帰り、丁度、吹田パーキングエリアで食事を摂っていた時、広子の携帯から、僕の携帯に着信が入った。

「もしもし」

しかし、その、広子の携帯電話から電話を掛けて来たのは、広子ではなく、広子の友達の、沙織だった。

「広ちゃん、亡くなったよ」

「……」

「今、広ちゃんのマンションで、私達と、広ちゃんのお母さんだけで、お通夜してるねん、慎也君、来れる」

僕は、トラックに満載にした荷物もそのままに、その足で、広子のマンションへと向かった。

それは、ファンデーションの所為なのか、それとも、血の気を失った所為なのか、そこに居る広子は、透き通る様に、白い顔をしていた。

口に詰め込まれた綿によって、生きている時よりもふっくらとした頬には、薄いピンクの頬紅が施されている。普段の彼女なら似合わないであろう赤い口紅が、その形の良い唇を鮮やかに彩り、あの、フェロモンを撒き散らす様な獣が、なりを潜めたその日の彼女は、それはまるで、少女の様に、可憐に白く、僕が知っている広子の中では、一番に美しい広子だった。

訪れる人の殆ど無い彼女の通夜の席は、その静謐さが、とても肌に痛かった。彼女に比べると、随分と小柄な、そして、胸を患っている所為なのか、とても年老いて見える彼女のたった一人の親族は、怒りの矛先を見失った、何処かの国の兵士の様に、藪睨みに彼女の遺影に目を向けたまま、ただ、身動きもせずに黄昏ている。僕は、作業着のまま訪れた事の非礼を詫び、お決まりのお悔やみを彼女の母親に述べると、マンションの外に沙織を連れ出し、突然の非日常により途方に暮れている沙織に、事の詳細を問い正した。

沙織の話しによると、広子の死は、自殺なのか、事故死なのか、まだ判然としないらしい。殺人の可能性は認められないと判断され、遺体が司法解剖される事はなかった。しかし、彼女の部屋からは、大量の麻薬と注射器が発見された為、彼女の血液検査が行われた。彼女の死因は、致死量を超える麻薬の摂取に依るショック死。しかし、それは怪訝しい。広子は、日常的に薬を使用していた筈だ。そんな広子が、摂取量を間違えるとは考えられない。そして広子は、遺書めいた物を、一切遺してはいなかった。

「沙織ちゃん、最初に彼女の遺体を発見したのは、誰なん」

「警察の人が、第一発見者は、マンションの管理会社の人だって言ってた」

管理会社の人間が、何故……。

何か問題でも起きない限り、管理会社の人間が部屋を訪ねて来るとは考えられない。

「あのね、なんか知らんけど、管理会社に、匿名で通報が入ったらしい、広ちゃんの部屋の様子が、怪訝しいって」

「匿名で、通報……」

「うん、それで、管理会社の人が調べに行ったら、広ちゃんの遺体が、全裸で、でも、乱暴された形跡はなかったって、遺体は、ベッドの上で、眠る様に亡くなってたって」

沙織のその先の話しは、嗚咽混じりで殆ど聞き取れない。しかし、それで僕には充分だった。充分、理解出来る。広子が何故、死んだのか。

広子は、自ら望んだのか、それとも唆《そそのか》されたのか、それは、僕には判らない。しかし、広子は、それまで彼女が、誰に対してもして来た様に、和也の欲望をも、受け入れたのだろう。彼女はタブーを侵した。決して、侵してはいけない領域に、足を踏み入れてしまった。踏み越えてはならない、一線を、彼女は超えてしまったのだ。


……しかし、最後に彼女の背中を押したのは、誰なんだ……

彼女はこれまで、たとえ、どんな男に、どんな目に遭わされても、自分を包む、その肉欲の化け物と、肉の監の中で生きて来た。ずっと堪えて、どこかに道を模索しながら、生きて来た。そんな彼女に、僕は、死を説いた。彼女が、最後に腕に突き立てた、彼女が、最後に握った注射器の、ピストンを押したのは……

……僕の所為だ……

僕は、泣きじゃくる沙織を連れ、広子の部屋に戻る為、彼女の肩を抱いて、階段を上り始めた。そう言えば、僕は、この女とも、部屋に来ている何人かの女とも、寝た事がある。最低だ。僕に、あの和也なる男を責める資格はない。しかし、僕はあの男が許せない。沙織は、広子は乱暴された形跡は無く、ベッドの上で眠る様に亡くなっていたと言っていた。それは、つまり、あの男が、最後に広子を抱かなかった事を意味する。抱いていれば、その痕跡は必ず残る。そうなれば警察がほうってはおかない。事件は、麻薬中毒の女の自殺等ではなく、殺人事件として昇華され、あの男は、逮捕を免れる事は出来ないだろう。あの男はその事に、土壇場で恐れをなして、広子が、文字通り命を懸けて、命懸けで贈ったギフトを　受け取らなかったのだ。

部屋に戻ると、そこの絵面は静止画像の様に止まっていて、時計の秒針だけが、そこが現実の世界である事を、僅かに覚えているかの様に時を刻んでいた。

視点の定まらぬ藪睨みを続ける広子の母親に了解を得ると、僕は、広子が寝ている部屋に、広子に、最後の別れを告げる為に入って行った。

広子の顔に掛けられている白い布を取り払うと、さっきよりも間近で広子の顔を見下ろす。

南国の女の様だった褐色の肌、そして、その南国の湿度にも似た、纏わりつく様な湿り気を帯びたあの色気は、矢張り、もう跡形もなく影を潜め、そこに居る広子は、憑き物が落ちたかの如く、少女のあどけなさを取り戻し、水面《みなも》に沈む月の様に、何処までも、何処までも、白く、美しく、僕は、今更、彼女を抱き締めたい衝動に襲われた。

……ねぇ慎也君……　自分の身体が……　まるで……　別の生き物みたいに　感じる事って……　無い……

僕は、彼女の言葉を思い出した。あの生々しかった彼女が纏う、獣、あの穢れを帯びた黒いものが、死と云う、人間の唯一の転回点を迎えて、彼女の中から、綺麗《きれい》爽然《さっぱり》と消え去っている。ならば今、僕がこうして見下ろしている、この彼女が、憑き物が落ち、少女の様に無垢な顔で眠るこの彼女こそが、実は、本当の彼女の姿なのだろう。

然《そう》、彼女はきっと、いつの頃からか、僕が苦手だった、あの得体の知れない獣の様な存在《もの》に、それは、何かの悪霊が人に取り憑く様にして、取り憑かれてしまったに違いない。そして、自分の中に棲みついてしまったその何かに振り回されながら、傷ついて、傷ついて生きて来たのだ。自分の意志とは、遠く乖離した場所で湧き起こる淫欲に振り回され、自分の意志とは無関係に、身に纏う肉の檻が、淫欲を満たす度に傷つき、自暴自棄に苛まれ、自分を見失い、剰《あまつさ》え、自分を、下卑た男共の玩具にまで貶めて、そうして、それでも、必死に生きようと、足掻き、藻掻く広子に僕は、僕は、あろう事か、死を説いてしまった。

確かに、死と云う、何者にも代理不可能な転回点を迎えて彼女は、彼女を苦しめていた何かから解放され、今、こうして、本来の美しい姿を取り戻した。しかし、これで本当に良かったのだろうか。他に方法はなかったのだろうか。

「なぁ、広子、多かれ少なかれ、人の肉には化け物が混じり込んでいる。それは、人の一度混じり合ったものとものが、二度と分け隔て出来ない様に、化け物は、人の肉に混じり込んで、その肉を檻と化してしまう。人は、みな囚人だ。肉の檻に捕らわれて、藻掻き苦しむ、囚われ人だ。与えられた属性に従い、与えられた苦しみを、唯、消化する為だけに生きる木偶《マリオネット》だ。

だけどなぁ……　　なぁ広子……　　あの時、僕は、言った筈だ。

一度戻したら最後、湖から、二度と再び、同じ水を汲み出す事は出来ないんだと。僕らは確かに木偶《でく》だ。空間と云う舞台で、時間と云う糸に操られるしかない、憐れなマリオネットだ。だから、人は泣きながら産まれてくる。人が泣きながら生まれてくるのは、そんな苦しみばかりのこの世界に生まれ出る事が、怖くて、不安で、仕様がないからだ。でもな、広子、人は、やがて泣かない事を、覚えて行くんだ。僕は広子に刺されてもいいと思っていた。広子が僕を刺すと云う事は、広子の死への決意が揺るぎないと云う事だ。広子が死ぬなら、僕は、付き合う積もりだった。だけど、広子は僕を刺さなかった。広子、お前は、生きる積もりじゃなかったのか、泣かない事を、覚えたんじゃなかったのか。

僕は、広子の額に自分の額を重ねた。

……こんなに冷たくなって、冷え性やったよな、少し、温めて、あげるから……

僕は、暫く、広子を抱きしめた。そして、再び、冷たくなった広子の唇に顔を寄せると、広子と、最初で、最後の、キスをした。

広子を造るタンパク質が、微生物により分解され始めて、広子の唇はもう、僅かな腐臭を帯びている。しかしそれは、彼女が作り物の人形ではなく、明らかに、命を宿していた人間であった事を物語っている。

命は、玩具やない……　命は、玩具やないんやぞ……

やり場の無い憤りと、やり場の無い後悔と、そして、やり場の無い無情さに打ち拉がれて、僕は、何時までも、何時までも、広子の傍を、離れる事が出来なかった。

警察は、広子の死を、事件性は無いとし、事故死と断定した。僕は、勿論関係者として警察に出頭はしたものの、刑事達は、まるで聞く耳を持たぬといった姿勢で、全ては自殺として事務的に処理されていった。所詮、薬物中毒者の死など、その程度の扱いなのだろう。当たり障りの無い調書に指印を求められ、それが済むと、刑事達は野良犬を追い散らすかの様にして、僕を取調室から追い出した。結局、僕には何も出来なかった。彼女を救うどころか、彼女の心の闇に、僅かに触れる事さえ出来なかった。

初七日が過ぎ、四十九日が過ぎ、日捲りは、片時も休む事無く記憶を風化させていく。あんなに涙を流していたあの連中も、今は、もうすっかり出会い系サイトで男を漁るのにいとまがない。情けも、容赦も、躊躇もなく、過ぎて行く時間は、全てを飲み込んで行く。それは、舗装路を馴らして行く、大きなローラー車のように、喜びも、悲しみも、余す事なく、全部、踏みつぶし、均等に平らげて行く。

こんなもんなんや……人間なんて……所詮……いつまでも……悲しみに浸れるようには出来てない……なぁ……広子……僕は……人間なんて……

……大嫌いや……

# 第十章　愛しさ

―一―

ＪＲ舞子駅の改札口を南側に出ると、左手には公園があり、眼前に、今は、壮大な明石海峡大橋が見える。しかし、そこに明石海峡大橋は無かった。僕は、立体歩道を南に渡り、本来なら、そこには無い筈の階段を下りていく。階段は、地上を通り越して、そのまま地下にまで続いていた。

地下に降りると、そこには、巾にして十二メートル、高さにして五メートト程のトンネルが、何処までも続いている。トンネルの内部を照らすメタルハライドランプは、トンネルのその規模から考えると些か心もとなく、暗い感じがする。僕は、宛もなく、そのトンネルの中へと進んで行った。

トンネルの内部には、幅四～五メートルの、人工的に施工されたらしきコンクリートで塗り固められた浅瀬の川が流れていた。その川の中で、ポツリ、ポツリと、子供達が水遊びをして遊んでいるのが見える。僕は、川の左側の遊歩道を、そんな子供達の姿を眺めながら、悠寛《ゆっくり》とした足取りで歩き続けていた。

すると、その子供達の中で、一人の少年の背中が僕の目を引く。少し長めの黒髪には、緩やかなウェーブが丁度よいくらいにかかっている。しかし、どう云う訳だか、子供達は、一様に僕の歩く位置に背を向けていて、子供達の顔を伺い見る事が出来ない。僕は、少時《しばらく》、その子の遊ぶ様を眺めていたが、ある瞬間、ふと、その男の子に興味を失い、また悠寛とした足取りで前方を目指し、歩き始めた。

トンネルは、進めば進む程、薄暗くなって行き、いつの間にか、人工の川は途切れ、子供達の姿も見えなくなっていた。トンネルの壁は、緑苔た染みが間断なく続き、その苔が放つ饐えた臭いが、周りの空気を支配している。

どれ程歩いたろう。漸くトンネルの向に薄らと灯りが見えてきた。僕は、その明かりを目指し歩いた。

やがてトンネルを抜けると、そこには、白い壁に茶色い板葺きの屋根の平屋が、ポツリと一軒建っている。その家を見て、僕は、何故か、此処が目的地であった事を思い出す。僕は、茶褐色をしたアルミ製の扉を開き中に入って行った。

中に入ると、それは、驚くばかりの人数、子供達が、所狭しと、賑やかに部屋の中で遊んでいる。まるで足の踏み場もないほどに辺は散らかっていて、僕は、仕方なく、玄関に腰を下ろし、子供達が遊ぶ様を、また、茫と眺めていた。

暫く、そうして眺めていると、突然、向こうから小さな女の子が走って来て、僕の膝の上に寝転がってきた。その瞬間、僕の瞳には、訳もなく涙が溢れてきた。あの時の気持ちをどう表現すればよいのか、僕は、未だ正確な言葉を持たない。しかし、涙はとめどなく流れて来て、なんとも言い表せない気持ちで僕は、その女の子の顔を見る。そこで、夢は途切れた。

目が覚めると、フロントガラスの向こう側には、深々と雪が降り積もっている。どうやらヒーターを利かせ過ぎたようだ。僕は、カラカラに乾燥した空気に喉をやられ、浅い眠りから目を覚ました。エアコンの吹き出し口に設置してあるドリンクホルダーで、ものの見事に生温くなり、炭酸の抜けてしまったコーラで喉を潤し、僕は、ドリンクホルダーの横にある、硬い押し応えのある、古いプッシュ式のラジオのスイッチに手を伸ばした。

火星の砂嵐の様なノイズ混じりに、何かの歌が聞こえてくる。歌は、お決まりの山下〇郎が歌う、あのクリスマスソングのサビのフレーズだった。僕は、すぐにラジオを消した。

カチカチと、割に大きな音を立て秒を刻むアナログの時計は、もうすぐ、十二時になろうとしている。古めかしい、アナログ時計の秒針は、今がクリスマスイブの終わりであり、そして、また今が、クリスマスの到来であることを、訊きもしないのに僕に告げた。

街のラブホテルは、軒並みクローズのネオンが点灯していて、泊まる場所を探しそこねたカップルが、きっと右往左往しているのに違いない。しかし、僕には、そんな街の喧騒も、山下〇郎のクリスマスソングも、関係ない。ここは、長野県の山の中、僕は、採石場で岩盤の粉砕に使用される大型ドリルのドリルヘッドを、兵庫県の高砂市にある、神戸重工から積み込んで、この長野県の山中、コンビニはおろか、ジュースの販売器さえない、雪の深々と降り積もる、この場所に運んできている。

僕は、この一年の大半を、トラックのシートの上で過ごしている。シートから離れるのは、荷物を積み下ろしする僅かな時間と、トイレと、弁当の為に寄るコンビニぐらいのものである。

風呂は、週に二度入れれば良い方だ。風呂といっても、ドライブインにある簡易シャワーだから、湯船に浸かれる訳ではない。朝、このシートの上で目覚め、このシートの上で仕事が始まり、そして、夜はこのシートの上で仮眠を貪る。一日の平均睡眠時間は三時間、勿論、手取りで四十万弱は稼げるものの、時給に換算すれば、学生のアルバイトと、さして差はないぐらいだ。ゴールデンウィークも、お盆も、そして、今日のクリスマスも、僕は、このシートの上にいる。この分だと、どうやら正月もこのシートの上で迎える事になるのかもしれない。しかし、僕はこの仕事が嫌いではない。人間が嫌いな僕にとって、他人との接点が少ないこの仕事は、生きていく上で都合が良く、楽でいい。しかし、深々と雪が降り積もるクリスマスの夜、飲み物すら手に入らぬ山深いこんな場所で、生ぬるくなったコーラと、パサパサとした魚肉ソーセージを齧ったこの時、僕は、少々この仕事にうんざりとしてしまった。そんな僕の倦怠が満ちるのを知ってか、知らずか、程よい火加減を、忠実に把握している電子レンジのタイマーの様なタイミングで、その話は、僕の元に舞い込んできた。

久しぶりの休日。僕は朝から、溜まりに溜まっていた家事に追われ、忙しく家の中を動き回っていた。時間はあっという間に過ぎ、洗濯物を取り込み、アイロンを終える頃にはもう、笑点のあのメロディがテレビから流れている。前回の関東行きに出る前、塩と香辛料で仕込んでいた豚バラのブロックを、朝から燻製器に入れ、ベーコンを焼いていた僕は、そのベーコンを、厚くステーキ状に切ったものにガーリックを加え、上から卵を落とし焼いた。クラッカーを四枚ばかり箱から皿に移し、スティック状に切った胡瓜を添え、その横に焼きあがったベーコンを盛ると、僕は、漸くテレビの前に座る。

何度かチャンネルを変えていくと、歌番組で、ブ〇ーハーツが見えない銃を打ちまくっているのに遭遇する。真島の才能に感心しつつも、ヒロトの目つきには、最近芝居がかったものを感じるようになった。興醒めした僕は、再びチャンネルのリモコンに手を伸ばそうとする。その時、電話が鳴った。

「慎也さん、最近どない、上手くいってるん」

それは、友人の瀬戸武史からの電話だった。

武史はボクより三才年下で、僕が破産の手続きの最中、裁判所には内緒で、こっそりとやっていたバイト先で知り合った男だ。

バイトの内容はと云うと、主に、風俗で使用されるタオルの回収と補充。ラブホテルのシーツやピローの回収や、補充もある。作業は過酷極まりない。大きな布袋に詰め込まれた補充品は、実に八十キロから、時には百キロに及ぶこともある。そいつを肩に担ぎ上げ、細い非常階段を上り、リネン室にある、使用済の回収品と交換してくるのだ。

奇しくも当時、丁度、「ＨＩＶ」が社会問題となり、今では考えられない様なデマゴギーや、憶測が飛び交った時代で、つまり、他人の体液が付着したその様なタオルやシーツを、素手で触り、掻き集め、袋に詰め、回収するその作業は、百キロのそれを担ぎ上げる筋力とは別に、炎の中に果敢にも飛び込んで行く、消防士にも匹敵する勇気、若しくは、先の事など、これっぽっちも考えない安保丹《あんぽんたん》的楽観主義、の、どちらかがなければ、務まらない仕事だった。

消防士の様な果敢な勇気を持つ人間なら、こんな仕事を選ばなくとも、幾らでも仕事はある。だから、その職場には、車やバイクを改造して、唯、戯れに自分の命を危険に曝す、頭のイカれた若い連中か、ギャンブルや薬物にはまりこんでいる奴、或いは、僕の様な訳あり人間ばかりが集まっていて、ある意味、目も当てられぬ様な、負け組の人間の巣窟と化していた。

武史はギャンブル狂いだった。パチンコ、競馬、ポーカーゲーム等々。仕事中でさえ、昼飯も食わずにパチンコ屋に入ってしまう。そして、昼メシ代の五百円玉まで悉《ことごと》く巻き上げられて帰ってくるのが、週の大半を占めていた。金髪ロン毛に、じゃらりと耳の下に垂れた長いピアス。近頃ならば兎も角、当時、明石なんぞという片田舎の街で、そんな風体をしている男を、僕は自分以外で、余り見かけたことが無かった。

便所に、60ワットの電球の代わりに、強烈なスポットライトを設置するが如く、兎に角、無駄に明るい。調子が良く、ハッタリばかりで行動が伴わない。徹頭徹尾、チャランポランが服を着て歩いているような男なのだが、不思議と憎めない。武史はそんな男だった。

武史から連絡があるのはもう、かれこれ一年振りくらいになるだろうか。僕は、最近、自分の身の上に起こった、様々な出来事を武史に話した。それは、彼が僕にとって、僕の良き理解者で有ると云うのではなく、僕が抱えている心の問題や、悩み、苦しみ、そんなものと、この男は、対照的な場所で生きている様に思えるからだ。武史に何を話したところで、この男には、何も理解することが出来ないだろう。豚に真珠、猫に小判、馬の耳に念仏。しかし、今の僕にとって、この男のそんなところが、大いに有り難かった。この男になら、なんでも安心して話す事が出来る。何を話したところで、彼の人生が、僕の言葉によって左右される様な事はない。

広子の様に……死んでしまったりは……しない。

広子の死で、僕は言葉の持つ力と云うものを、徹底的に思い知らされた。僕が自らの考えを語り、聞き手の中に、それに対する同意と、共感が喚起し、僕の言葉が客観性を持ったその時、僕の中の闇は、聞き手の中に忍び込むのかもしれない。
つまり、僕の中に巣食う、禍々しい存在《もの》は、どうやら、言葉を媒介として、多少なりとも伝染してしまうものの様だ。内面を晒し、深く他人と関わろうとすれば、僕は、いつも、自分の不幸に、他人を巻き込んでしまう。そして、その度合いは、僕の、その人に対する、執着心に比例する。つまり僕は、愛していれば、愛している程、大切な人を、不幸にしてしまうのかもしれない。

あの事件で、僕はその事を思い知った。切なかった。やりきれなかった。金輪際、関わるなら莫迦がいい。誰かを傷つけ、増して、広子の様に死なれてしまうなら、誰にも、理解などされなくてもいい。ひとりぼっちでかまわない。死ぬまで、僕の中に潜む、この得たいの知れない化け物を、一人で抱いて行こう。広子が死んだ時、僕は、そう心に決めていた。

「へぇ〜」「うそ〜」「ほんま〜」「うわ〜大変やったね〜」、案の定、武史は相槌を打っているばかりだ。僕の話など上の空で、何時、自分の用件を切り出すか、そのタイミングを、今か、今かと見計っている。が、そうはいかない。

僕はそう、武史が好きなパチスロが、大連チャンを起こし、無尽蔵にコインを吐き出す様に、ここ最近、心の中に、澱の様に溜まっていた懊悩《おうのう》を、武史を相手に、全て吐き出した。武史は我慢強かった。もう一時間以上話していると云うのに、最初のテンションを、些かも下げる事無く、「え〜！」「マジで〜」と、相槌を打ち続けている。良くも悪くも、無駄に明るい。しかし、その時の僕は、その無駄な明るさに、心から感謝していた。

胸の裡に蟠《わだかま》る想いを言葉に変えて吐き出すと云う作業は、丁度、腫れ物の膿みを絞り出して行く様に、僕の心に籠もる熱を下げ、痛みを和らげてくれる。御陰で随分と楽になった。そして僕の話が、遠い旅の空の下、長野県の山中で、雪に身動きを封じられ、飲み残しの生ぬるいコーラと、エアコンの吹き出し口に放置していた為、パサパサに乾燥してしまった魚肉ソーセージで、キリストの誕生を祝ったという行に入った頃、武史は、それはまるで、老練な漁師が、一本竿で鰹を釣り上げるような、そんな絶妙なタイミングで、自分の話を切り出してきた。

「慎也さん、僕の、務めてる会社に、来てくれませんか」

仕事の内容は、食料品の配送業務、待遇は、福利厚生無し、給料は、日給月給の額面で十八万円、つまり日当、七千円程の、日雇い労働者の様なものだ。今なら、引くて数多かもしれない。しかし、時代は末期に近いとはいえバブルである。こんな条件で人が集まる筈がない。

ところがその時、僕の置かれた環境は、整えられたスイートルームの様に何でも揃っていた。年末年始休み無し。気の抜けた生温ったかいコーラの記憶。パサパサの魚肉ソーセージの記憶。死んだ、広子の面影。長距離輸送を辞める為の理由なんて、なんだってあった。僕は、どこかの国の組織に拉致監禁され、アルカロイド系の自白剤を注射された諜報員の様に、武史のその誘いに、首を縦に振ってしまった。

武史が言う「うちの会社」、僕は、なんの疑いもなく、運送会社だと認識していた。〇〇合同運輸。名称からして、間違いなく運送会社であろう。ところが、蓋を開けてみると、トラックなど一台も所有しておらず、〇〇合同運輸とは名ばかりの、単なる人材派遣会社でしかなかった。否、厳密に言うと、人材派遣会社ですらない。無許可、無登録の、モグリの会社で、社会的に会社としては存在しておらず、勿論、納税もしていない。総ては「口約束」だけ。つまり、どんなトラブルが起こっても、何の保証も無い訳だ。

社長の野口に電話を入れると、土日はどうしても予定が取れないから、水曜に来てくれと言う。僕は、わざわざ水曜に有給を使い、簡単な履歴書を用意して、野口から指定された住所に向かった。

ところが、その住所に着いてみると、会社どころか、辺は田圃や畑ばかり。ただ一軒、農家がポツンと建っているだけの田園風景である。

その農家の庭先で、誰かが車の洗車をしているのが見えた。こんな田舎には似つかわしくない、黒塗りの古いキャデラック。男は、丸坊主に、レイバンのサングラスを掛けている。白、黒、赤、をベースにしたメッシュの生地には、金色の糸で、意味の解らぬ筆記体が刺繍されている。首と手首には、喜平の十八金、否、十八金の、メッキのブレスレットが巻かれていた。「田舎ヤクザ」、その言葉が、これ程しっくりとくる人物も、まぁ、そうそう見当たらないだろう。僕は、嫌な予感を胸に、その男に近づいて行った。

「あの、すいません」

男がこちらを振り向く。

「おぉ、慎也君か、待ってたで、まぁまぁ、中に入って、汚いとこやけどな」

嫌な予感は的中した。

野口は、僕を建物の中に招き入れた。そこは多分、以前はトラクターや、農機が置かれていた場所なのであろう。二十帖ほどの土間をモルタルのコンクリートで固めた上に、何処で手に入れてきた物なのか、バス停などでよく見かける、明治〇業と書かれた、あの青い長椅子が、向かいあって置かれている。その椅子と、椅子の間に、丸い、5リットルほどの、空のオイル缶が、蓋をくり貫かれ、灰皿代わりに置かれていて、部屋の角には、簡単なスチール製の棚と机、ＦＡＸと電話機がぽつんとあるだけ。野口が、これも、今では滅多に見掛けなくなった、蒔きを焼べるタイプのストーブに火をいれ、スチール製の机の横に立て掛けてあったパイプ椅子を取り出し、僕にそこに座るようにと促した。

「武史から話は聞いてるで、慎也君、よう働くらしいやんか」

野口はそう言いながら、野口の足元に無造作に置かれているダンボール箱の中から、缶コーヒーを二本取り出し、プルタブを開けると、蒔きストーブの上に置く。

「わしとこはな、見ての通り、商い始めたばかりで、まだなーんもあらへん。運輸省の認可も無いし、商店登録すらしてへん。そやけどな、こう見えても、仕事だけは、ようさんもってるんや。どないや、わしと一緒に、この会社、大きいしてみる気はないか」

圧倒的な火力で、直ぐに熱くなった缶コーヒーを僕の前に差し出し、野口は、その缶コーヒーの様に、熱っぽい口調で、僕に夢を語った。なるほど、そう云う事か。多分、この男、農家に生まれながら、家業には興味が持てず、中学、高校辺は、この界隈で不良少年でも気取っていたのであろう。未だなお、他人を威嚇して止まないそのファッションが、彼のヤンキー魂が健在であることを窺わせている。

しかし、家を捨て、極道になるほどの根性もなく、されとて、親に習い、真面目に土をいじり、農業に精を出す気にもなれず、先祖が残した潤沢な農地を利用して、如何にも、彼が好みそうな、デコトラ（デコレーショントラック）を所有し、運送屋でもやろうと考えたに違いない。安易である。僕は、曖昧な笑いで、返事を誤魔化していた。

大体にして、金の装飾品を派手に身に着ける人間に、公共性や、他人の利益を優先に考える人物など居ない。ファラオしかり、秀吉しかり。彼らは常に、自分の利益と欲得が優先で、自分だけが得をしようとする。事業がある程度は成長していて、安定しているならいざしらず、立ち上げの段階でこんな男と組めば、必ず近い将来、こちらを喰おうとするのは明らかである。僕は、この時点で、既にかなりの後悔をしていた。しかし、無闇に武史の顔を潰す訳にもいかない。仕方ない。半年だけ。僕はそう決めて、野口の元で仕事をする決心をした。

僕の派遣先は、既に決まっていた。僕が断ればこの男、どうする積もりだったのだろう。その辺りにも、胡散臭いこの男の性質が、ちらほらと見え隠れしている気がした。しかし、それでも、急かす野口の要求に応え、取るものも取り敢えず、僕は、以前の会社を一月の締め切りで退社し、神戸のとある田舎の、その派遣先である、豆腐の製造工場に、あれは確か、二月十五日、そう、丁度、バレンタインの翌日から、勤めを始めた。

――二――


「おはようございます」

指定された時間に会社に着くと、既に引き継ぎの準備をして、彼は待っていた。

「あ、おはようございます。丸山です、よろしくお願いします」

「あ、はい、僕、土井浩二です。みんなは、こうちゃん、って呼びます。丸山さんは、僕より年上だから、気を使わないでくださいね」

こうちゃんは、垢抜けない、純朴な農夫の様な子だった。当時二十四才の僕に対して、彼は一八才、容姿は爽やかで、キビキビとよく働く。説明を聞きながら、荷物の積み込みを終えると、僕は、こうちゃんに連れられて、社内の現場に挨拶に回る事になった。

矢崎食品は、食品工場としては、どちらかといえば小さな方である。製造しているのは豆腐。他に、自然食品全般を取り扱っている。社長の矢崎総一郎、明子夫妻、明子の妹である布美枝が、直接現場の指揮に当たっている家族経営の中小企業だ。

「おはようございます。今度、土井さんの替わりにお世話になることになりました、丸山慎也です」

「おはよう。話は、野口さんと、土井君から聞いている。うちは、見ての通りの零細企業やからね、兎に角忙しい。色々とつまらん仕事が多いから、そこは、覚悟しといてくれ」

社長の総一郎は、そう言うと、直ぐにまた自分の作業へと戻る。なるほど、それは彼らの雰囲気を見ていれば解る。朝の工場は、まるで戦場の様に張り詰めた空気に蔽われていた。

「ちょっと！　なにやっとんよあんた！　そんな風にしたら、売り物にならんやないの！」

「しらんわいな！　それなら最初に言うてんか！」

厚揚げを製造する大型のフライヤーの前で、誰かが言い争いをしている。声のトーンからして、尋常ではない。今にも掴み合いの喧嘩が始まりそうな気配である。

「あれは、慣れてください。何時もの事ですから」

こうちゃんは、その、尋常ではない雰囲気のブースをあっさりとスルーして、次のブースへと僕を案内した。彼に促され次のブースに行くと、そこには、大型の冷蔵庫や、作業台があり、梱包された豆腐を箱詰めし、出荷する為の準備をしている女性のパートさん達が沢山いた。

「おはようございます。今日から配送の方でお世話になる事になりました、丸山慎也と言います、よろしくお願いします」

「あら、ちょっと、あんた、男前やないの、彼女は」

藪から棒に、不躾な質問をするものだ。

「あ、丸山さん、この方が、このブースの責任者で、奥さんの妹さんの、布美枝さんです」

「あはは、そうなんですか。初めまして、丸山です。はい、今のところは、フリーですよ」

僕は、ありったけの愛想笑いで、その不躾な質問に答えた。

「あら、そうなの、ほんとに、ちょっと、礼子、礼子ちゃーん！」

布美枝が声を掛ける方に僕は目を移した。するとそこには、先程、ここの奥さんと、掴み合いの喧嘩もしかねない勢いで怒鳴り散らしていたあの娘が、こちらを向いている。そして、布美枝の手招きに応じ、このブースを目指して歩いて来る。気性が荒いのは目を見れば分かる。直感と直情が全面に出ていて、彼女は、如何にも危ない雰囲気をした女だった。これが、僕と、礼子《あやこ》の出会いだった。

最初、仕事内容は楽なものだった。京都、大阪、尼崎、神戸、順番に荷物を下ろしていくだけで、なんのストレスもない。以前の長距離輸送とは違い、毎日家に帰ることが出来る。しかし、その頃の僕は、何もしていなかった。バンドをするでもなく、絵を描く訳でもなく、増して文章など、書こうと云う発想すらなかった。

仕事を終え、アパートに帰り、食事を摂り、家事を済ませると、もう、他に何もする事がない。

一人の時間は辛かった。毎日、毎日、広子の死について考えてしまう。あの時、こうしていれば。足りなかった言葉を、もう少し付け加えておけば。考えても、もう、どう仕様もない事が、グルグル、グルグルと、脳のどこか冷めた部分で、エンドレスにループを続ける。いっそ、自分も、広子の処に行こうか。

精神の土台に刻まれたようなその想いは、僅かでも口にすれば、現実のものとなりそうな程、僕の胸の裡で膨らんで行く。僕は、この有り余る空虚な時間を、どうにも扱う事が出来ずにいた。

ところが、メインで製造を担当していた社員が辞めたところから、様相は一転する。

「丸山君、すまんが、人が見つかるまでの間、暫く、朝の製造を手伝っては貰えんかな」

製造ブースは明らかに人手不足だった。このバブルのご時世、汚い、キツイ、低賃金、3Kを絵に描いた様なこの仕事をしようなどと云う変わり者は、なかなか現れないだろう。

「午前三時から、六時迄の三時間だけでいい、なんとか、考えてくれんか」

勤務時間を増やして自分を追い込めば、少しでもあの空虚な一人の時間から逃れられるかもしれない。僕は、社長の請いを受け入れ、工場の製造に携わる事となった。

三時間だけ。そんな約束は、一週間で反故にされた。僕の拘束時間はどんどんと増えて行く。やがて僕は、会社の食堂で寝泊まりするようになり、年末に至っては、二十時間働いて、四時間、仮眠すると云うようなところまで、勤務は過酷になって行った。しかし、仕事をしていれば、何もかもを忘れることが出来た。広子は、亡くなってから、一度たりとも、僕の夢の中にも、枕元にも、その姿を現した事がない。それが、余計に、僕の広子に対する、思慕と、寂寥を深めていく。忘れたかった。苦しかった。僕は、仕事に没頭することで、現実から逃れようとしていた。持て余した時間と、広子への思慕の捨て場所に、僕は、仕事を利用していた。

「慎也君、ご苦労様やね」

その日、会社の賄いを食べていると、珍しく明子が愁傷な言葉を僕に掛けて来た。明子は、一言で言うならば女傑である。社長の総一郎だけは別格であるようだが。完全な女王様気質であり、なんぴとたりとも自分の前を行く者は許さない、そんなタイプの女性だった。そんな明子が、いつもとは違う声のトーンで、そんな愁傷な事を言うのだ。僕は箸を止めて、思わず振り返った。

「これ、今度から、自由に使いなさい」

そう言うと、明子は僕に鍵を差し出してきた。

「なんですか、これ」

「礼子のマンションの鍵よ、あんた、お風呂、殆ど入ってないでしょ。礼子の部屋のシャワー、使いなさい。仮眠も、今度から礼子の部屋でとりなさい」

「えぇ、でも、それじゃ、礼子さんが」

「大丈夫よ。あの子は、そういうの慣れてるから。ほら、家は、昔から、色んなお客様が、常に来ているような、そんな環境やったから」

「いやいや、それにしても、一人暮らしの女性の部屋に、勝手に上がり込むなんて」

「あら、礼子は、別にあんたなら構へんて言うてたわよ。礼子にはもう了解を取り付けてあるから、遠慮なく使いなさい」

僕と礼子がバッティングする時間帯は、そう重なるものではなかった。社長の娘がひとりで暮らす部屋に勝手に上がり込み、シャワーを浴びて仮眠をとる。妙な感じである。偶に礼子が在宅している時は、軽くお茶を飲み、少し、会話をした。その会話の中で、僕は礼子の色々な事を知る。

礼子は初孫であり、周りから、限りのない寵愛を受けて育った。礼子には、下に二人の妹が居る。しかし、そこは昔の家の事である。礼子は、幼い頃から、家を継ぐ事を前提として、下の妹達とは一線を画する育て方をされた。

「あんたは、将来、この家を継ぐんよ」

礼子にとって、それは重荷でもあり、しかし、その一方で、誇りでもあった様だ。幼い頃から、蝶よ、花よと育てられた礼子のプライドは、それは、そのプライドの後ろから、飛行機雲が見えようかと云う程に、高い場所にある。ところが、小学校も高学年になる頃、そのプライドの高さと、現実の自分の姿が、まるで釣り合わない事に、周りも、そして礼子自身も気付いて行く。高いプライドとは裏腹に、礼子の成績は、クラスでも最底辺であり、これといって、スポーツの才能もない。活字や数字には嫌悪感しかなく、集中力に欠け、物事を論理的に考える事が出来ない。感情的で、依存心が強く、すぐ、何でも他人にやらせようとする。高すぎるプライドは、不甲斐ない礼子を、容赦なく責め立てた。そんな中で、次第に、礼子の心は、屈折していったのだろう。

ある日、僕がシャワーを終え、仮眠に入ろうとする頃、礼子が、部屋に戻ってきた。その日の彼女は、随分と機嫌が悪く、顔から血の気が失せていた。

「ちょっと、ママに聞いたんやけど、あんた、二回も離婚してるらしいやんか。同棲もしてたんやって、同棲してた女、自殺したらしいやんか。あんた、いったいどんな人間なん、一緒に暮らしてた女を自殺に追い込むなんて、あんた、人間のクズやな」

「クズ」

「一度、こうと決めた相手と離婚なんかするのは、人間のクズや、まして、自殺させるなんてな、最低の、ゴミクズや、虫けら以下や」

あの言葉で、僕は、明子からの縁談の話を、受ける事に決めたのかもしれない。

作り物の笑顔は、昔から得意だった。僕にとって、幸せを演じる事など、屁でもない。命と隣り合わせに、あの父親の機嫌を取り、媚び、諂《へつら》い、這《は》い蹲《つくば》って生きて来たのだ。必要なら、誰の靴の裏でも舐めて見せる。地位も、金も、名誉も、あるに越した事はない。この女と結婚すれば、幾許かのそんなものも、漏れなく付いてくる。しかし、僕の目的は、全く別の所にあった。

「人間のクズ」

蒼白い、冷たい火が胸に灯り、ジリジリと焦がす。それは最初、苦しくて、強烈な痛みを僕に与えた。しかし、やがてそれは、ジワリジワリと、えも言われぬ安心感に変わってゆき、僕は、何時しか、その安寧の虜になっていった。

こんな実験がある。被験者をある機械の前に座らせる。機械の前にはガラス窓があり、そのガラス窓の向には、患者が、ベットの上に拘束された状態で横たわっている。そこに、医師を名乗る男が現れ、今から実験をすると、被験者に告げる。

「今から、あの患者に、ある特殊な電磁波を当て、患者の治療をする。君は、私の言う通りに、その電磁波の調節レベルを上げて欲しい」

被験者は医師を、本物の医師であると認識している。

「先ずは、レベル二からだ」

被験者はなんの疑いもなく、ツマミを二に合わせる。ガラス窓の向の患者に変化は見られない。

「よし、三に上げてみてくれ」

被験者は、またなんの疑いもなく、ツマミを三に上げる。患者が、小さく、低く呻き声を漏らす。

「よし、効いてきたぞ、次は四だ」

また被験者は、言われた通りに、ツマミを四に上げる。すると、患者が大きく苦しみ出した。

「まだ、まだ、大丈夫だ。次、五に上げてみてくれ」

被験者は、戸惑いながらもツマミを五にあげる。すると、今度はもう、明らかに患者は藻掻き、苦しみにのたうち回り、叫び出す。

「大丈夫だ、心配ない。次、一気に八まで上げてくれ」

「し、しかし、先生」

「大丈夫、私は医師だ。さぁ、ツマミを回しなさい」

被験者は、苦しみ、のたうち回る患者を診ていながら、それでも医師の言葉に従い、ツマミを上げる。ガラス窓の向では何度も絶叫が繰り返され、やがて、患者が、息絶えた様に動かなくなる。

被験者は、何の恨みもない赤の他人を、医師の命令のもとに、殺してしまった。それも、医師免許を確認したわけではない。ただ、白衣を着て、自ら医師を名乗っただけの男の命令で、人を殺してしまったのだ。

勿論、これは実験であり、本当に患者が死んだ訳ではない。人間が、如何に権威の前では無力になるか、それを調べる為の芝居でしかない。しかし、これが芝居ではなかったとしても、結果は変わらない。主観を権威に奪われたとき、人は、全くの無抵抗になってしまうのだ。

礼子の気持ちとは裏腹に、縁談はトントン拍子に進んでいく。後継ぎとしての責任。明子の奨める縁談に異を唱える事の出来ぬ立場。礼子は、掌を返した様に、僕に辛く当たるようになっていった。

忙しい仕事の合間の時間は、全て、礼子の私用の足として、こき使われた。コンパの送り迎え、時には、ラブホテルに呼びつけられた事もある。一番驚いたのは、あの、こうちゃんを部屋に連れ込んでいた事だ。恐らく、僕が知る限り、こうちゃんにとって、礼子は初めての女であった筈だ。僕が部屋に出入りする間隙を縫って、童貞男を玩具にしていたのには、さすがの僕も些か驚いた。しかし、僕は気づかないふりを決め込んでいた。

「ねぇ、こうちゃん覚えてるでしょ、明日、あの子の誕生日なんやけど、プレゼント、選ぶの付き合って」

傲岸不遜な要求に手の震えが止まらなかった。脊髄に電気が走り、膝が震えた。しかし、礼子と、矢崎家を権威と仮定した時、僕は、初めて自分を、人間のクズだと受け入れる事が出来たのだ。全部を諦めたかった。人間としての、全部を。自分は産まれた時から、人間のクズなのだと、自分で、自分を、認めたかった。

縁談が成立すると、社長は、派遣会社を直ぐに退社するように僕に命じた。それと同時に、向こう一年間、給料の半額を結婚式の費用、その他、諸々の資金の為、天引きする事を強制された。しかし、これに驚いたのは、僕ではなく、例の野口と武史である。

「おい、お前、あいつらに、騙されてるんが分からんのか、お前、わしらを裏切る積もりか」

「慎也さん、なんでや、なんでそんな条件を呑むんや、そんな条件呑んだら、一生タダ働きやで、まさか、ホンマに結婚するとは思わんかったわ。プライドないんか、男として、最低やないか」

何とでも言えばいい。僕はどうせ、あんな父親の子供だ。産まれた時から、最低な人間なのだ。礼子と会社を権威として仮定した時、数ある柵の中で、幾つかの柵から僕が開放されたことは確かだ。その安堵感、自分を人間のクズだと納得出来る環境、それが、今は、一番大切に思えた。広子を殺してしまった僕には、クズとして生きるのが、一番に大切なのだ。僕は、次々に邪魔になりそうな人間関係を整理していった。そして、友達が、一人も、居なくなった。

礼子のマンションを処分し、新しく、新居となるマンションを購入する。車も新車を購入し、家具も、全て新しい物が、続々と新しいマンションの部屋に運び込まれていった。僕は、仕事と荷物の整理、そして、相変わらず礼子の私用に時間を奪われ、日常を顧みるいとまもない。そんな時、新しいマンションに繋がったばかりの電話の呼出音が、真新しいコンクリートと、壁紙を抜けて、僕の寝室に鳴り響いた。

「もしもし」

「電話番号、変わってないんやね」

小さな体の割に低い声、それは、紛れも無く、別れた妻、貴代子の声だった。

「どないした、珍しいな」

「瀬戸君に聞いたん、再婚、するんやって」

受話器の向で、硬いものがカチャカチャ当たるようなノイズが、貴代子の低い声に混じって聞こえて来る。

「また、お前、ミルキー、食ってるやろ」

僕はそれには答えず、彼女に質問をした。

「あはは、分かるんや」

「あはは、分かるよ」

「ねぇ……」

彼女は甘いものが好物で、特に、ミルキーが大のお気に入りだった。

「ん……」

「私、分かってん」

「何んの話や」

「慎也君と離れてみて、私、解ったんや、ねぇ、お願い、私の処に、帰って来て」

「……」

「慎也君と暮らし始めて、先ず、慎也君の目付きが、突然、変わる事に気が付いた。そして、目付きが変わると、慎也君は、決まって夜、外に出て行って、帰って来なかった。ある日、気分が悪くなって早退して帰ると、慎也君が、風呂場で、自分で自分を傷つけているところを、見てしまった。怖かった。慎也君が自殺未遂をして、最後、私にその訳を話してくれた時、私は、とても受け入れられないと思って、離婚届に、印を押した。でも、後悔した。その気の無かった慎也君に、無理に婚姻届に印を押させたのは、私の方やのに、それを、手に負えそうもないと、私は投げ出した。私が病気の時、慎也君は逃げなかったのに、私は、逃げ出してしまった。それを凄く後悔した。でも、それより何より、慎也君が、他の誰かのものになるのが嫌なん。慎也君が、何処で、何をしていようと構わない。でも、誰かのものになるのは嫌や、お願い、帰って来て、何もしなくていい、自分の好きな事だけしててくれれば、それでいい、だから、お願い、ここに帰って来て」

　やがて、受話器の向こうの、カチャカチャと云う、ミルキーを舌で弄ぶ、あの雑音は消えて、それは、次に、すすり泣きに変わった。きっとあの時、あの長い沈黙の中で、僕と彼女は、目まぐるしいばかりの速さで、お互いの接点をさぐり合っていたのだろう。

「武史とやり直せ」

「知ってたの」

「いや、今、判ったんや、お前が、迷ってるんがな。ええか貴代子、迷うな、出来るだけの事はしたる、だから、あいつとやり直せ」

　それから数日後、以前、僕が最後に貴代子と暮らしていた、そして、恐らくは、これから武史と暮らすであろう集合住宅の敷地内に、僕は車を乗り入れた。まだ山の頂には雪が残る季節と云うのに、その日の日差しは穏やかに、ベランダに並ぶ、色とりどりの洗濯物を優しく乾かしていた。築三十年ばかり経っているであろう、その建物の階段のコンクリートは、もう随分と色褪せ、所々に幾つものひび割れが入ってしまっている。僕は、階段を最上階の五階まで、一気に駆け登った。

貴代子の部屋は三階だけれど、僕には、五階の踊り場で、煙草を何本か灰にする時間が、どうしても必要だった。彼女と暮らした七年間の思い出を、穏やかな日差しの中に、煙と共に溶かしていく作業に没頭した。封を開けたばかりのマイルドセブンが半分程になった頃、僕は、漸く、階下への一歩を踏み出した。

何処を探せば、こんなに趣味の悪い色が有るのか、と云う位に、悪趣味な黄土色に塗られた鉄の扉の前に立つと、年数経過で劣化し、割れかけたプラスチック製の呼び出しボタンを、僕は押した。

中で人の動く気配がする。しかし、声が聞こえる事はなく、無言のまま、その扉は開いた。

「久しぶり、なんか、随分、やつれたね」

貴代子は僕の顔を見るなりそう言った。

「それはお互いさんやな、お前も、痩せたんちゃうか、身体、大丈夫なんか」

「うん、あれから検査は欠かさず行ってる、まぁ、上がって、瀬戸君も来てるから」

「あほか、そんな、滑稽な絵面に、俺は興味ない」

「いいやんか、最後なんやし」

僕はそれには応えず、内ポケットから取り出した封筒を彼女に手渡した。

「なによ、これ」

「かき集めて、百三十万ある、七年間、お前を食い物にして来た金額には足りんやろうけど、持って行け」

「こんなもん、いらん、持って帰って」

「お決まりの押し問答はごめんや、どうせ俺の金やない」

「俺の金やないって、でも」

「お前、俺に何を求めてる、ここに上がり込んで、武史と話して、幸せになれよ、そんな言葉を、俺に言わせたいんか、そんな綺麗事、却って、これからの、お前らの新しい生活に、波紋を投げるだけや、無駄に波風を立てる必要がどこにある。もう忘れろ、全部忘れて、自分が幸せになる事だけを考えろ」

それっきり僕は階段を駆け下り、もう振り向かなかった。

……俺の金やない……

あの金は、僕が自分の時間と身体を、あの家族に売り飛ばした金だ。自分を人間のクズだと認めた代償に、降って湧いた泡銭だ。

「百三十万。安いもんや、欲しけりゃくれてやる、こんな身体」

——二——

祖父は、今で言う、国土交通省の公務員だった。戦後すぐの公務員であるから、今の公務員などとは比べ物にならぬほどに貧しく、殆どは、戦後の復興に関する土木作業が主だったそうだ。そんな貧しい中で、彼は子連れの祖母を受け入れ、全力でその生活を守り、育んでくれた。

酒の好きな人で、酒量は多く、それは褒められたものではなかったが、しかし、決して悪い酒ではなく、酔うと、自分の硬い無精髭を、僕の皮膚の柔らかい部分に擦りつけて、嫌がる僕を見て笑っている、その程度の、愛嬌ある酒だった。

戦後、高度成長期に入り、公務員の待遇も見直され、生活は楽になって行くが、しかし、寡黙だった祖父にとっては、複雑化する人間関係などが困難だった様で、何度も公務員を辞めようと考えた時期もあったそうだ。そうした懊悩の日々の中、大切に育てたはずの義理の娘が、どう仕様もない男に騙され、結婚した時も、その男が、人様を傷つけ、刑務所に入った時も、そんな男の子供を、娘が一人で産んだ時も、黙って娘を支え、その孫を産湯につけてくれた。刑務所から帰った男の放蕩で、娘が生活に困窮している時も、生活をやり繰りして娘を支え、孫の未来に泣いてくれた。何時しかその孫も、人の道を踏み外し、人様に暴力を振るい、喧嘩に明け暮れた時も、誰の子かも解らぬ子供を孕んだ女と結婚した時も、何時も、どんな時も、目の前の現実から逃げることなく、じっと我慢を重ね、その厳しいものを全部、抱擁しようとしてくれた。十六年間、膠原病と、腎臓病に苛まれながらも、そんな風にして、家族を見守り続けてくれた祖父は、その時、病院のベッドの上に居た。

「じいちゃん、俺、もう一回、結婚する」

「そうか、慎也が決めた事なら、そうすればええ、でもな慎也、お前は、何時も、辛抱が足らん。今度こそ、辛抱や、なぁ慎也、辛抱するんが肝心やで」

六月十日、その日は朝から、梅雨の季節には有難い晴天だった。初夏の息吹を含んだ六甲の山肌は燃え立つ様な緑で、それは天鵞絨《ビロード》の肌触りを思わせる。その緑の天鵞絨を、光り輝く、麗しき蒼穹が見下ろす中、六甲山の麓にある高級フランスレストランで、僕と礼子の結婚式は執り行われた。徹底的な唯物主義で、宗教を軽蔑して止まないこの家族が選んだのは、人前式と云うスタイルだった。

三度目の結婚、犯罪者の息子、貧困家庭。それまでの、数多の揉め事や、人間関係の整理で、僕の側の出席者は、家族を含めても十人に満たなかった。出席者の極端に少ない僕のために、祖父は、式の一ヶ月前から体調管理をし、燕尾服に身を整え、病院のベットの上から、病の身を押して式に臨んでくれた。二百名近い先方の出席者に揉まれ、それでも、僕に肩身の狭い思いはさせまいと、必死に笑顔で、その人々との対応に取り組んでくれていた。祖父は、何時もそうなのだ。〇〇市の市長だの、プロ野球選手だの、初めて会う著名人や有力者、僕は、式などそっちのけで、そんな人々の対応に追われた。

そんな慌ただしい中で式が終わり、僕は、祖父と碌に会話をする事もないまま、新婚旅行先のロスへと向かう。二十日間、夜以外、殆ど別行動での旅行。帰国してみると、祖父の容態が急変していた。病で襤褸襤褸《ぼろぼろ》になっていた祖父にとって、結婚式に出席をすると云うは事は、自殺行為にも等しかった。それは、祖父自身が一番よく知っていた筈だ。しかし、それでも、祖父は式に出席してくれた。祖父の訃報が届いたのは、帰国から八日後の午後九時三十分。配達で最初の店舗の納品を終え、次の店舗に向かう途中、トラックに会社からの無線連絡が入った。

「慎也君、今、君のお母さんから、お祖父さんが危篤やと電話が入ったんやけどな、どうする」

「え、あの、どうするって」

「まだ配達の途中やろ、後。どれ位、荷物、残ってるんや」

「まだ殆ど、残ってますが、でも」

「そうか、気の毒やけどな、頼んだぞ」

「えぇっ、そんな、それじゃ間に合わんかも」

「分かってる、けど、仕方ないやろ、わしはな、下の子の、大切なＰＴＡの会議があるんや、会長をしてるからな、抜けられんのや」

　ＰＴＡの会議……娘の……こいつ……人の祖父の命を……そんなもんと天秤に掛けやがった……

仕事を終わらせ、急いで病院に駆けつけると、しかし、祖父は既に他界していた。

「意識がなくなってからも随分、頑張ってたよ。慎也のこと、待ってたんやと思う」

……慎也、わしの事はええんや……前にも言うたけど……お前は……辛抱が足りん……今度こそな……今度こそ……何が有っても……辛抱するんやで……

祖父の安らかな死顔には、確かに、確かに、そう書いて在る様な、そんな、気がした。

通夜の席に出る為、僕は一度、自宅に戻った。祖父の好きだった酒のツマミ、海鼠腸《このわた》。唐墨《からすみ》。高級食材のこれらは、三宮の大丸に行かなければ手に入らない。僕は、どうしても最後に、それらを祖父に供えてやりたかった。

自宅に戻ると、礼子は、化粧は疎か、スウェットの上下のままテレビの前で寛いでいる。

「着替えへんの」

「私、行かへんし」

「なんで」

「私、あんたの家族、嫌いなんや、知ってるやろ、暴力団のお父さん、来るんやろ、そんなもん、まっぴらごめんや」

「親父は、来んよ」

「そうなん、でも行かへんよ、あんたの家族、みんな離婚経験者やろ、なんで離婚なんて出来るんやろ、離婚なんて、人間のクズのすることとや、そんなクズばかりのところに、私、行きたくない、あんた、ひとりで行って来て、適当にな、挨拶しといて」


受け入れた筈の、蒼白かった炎が、赤く熱を帯びてゆく……

人を殺したいと思ったのは……これが……三度目だった。

午後七時から、翌日の午後一時、一日の平均労働時間は十八時間から二十時間、風呂に入るのさえ億劫になるほど働いていた。三百六十五日の内、休日は正月の三日だけ。土曜も、日曜も、機械の整備や接待、営業日に出来ない仕事が幾らでもあった。

給料は税込で五十万。しかし実際のところ、いくら貰っているのかなど分からない。給料は僕の手に渡る事は無く、給料明細すら見せては貰えない。僕に手渡されるのは月に三万円。夕食代、煙草、衣料、散髪、果ては病院の治療費から、仕事中の交通違反の反則金ですら、その中から、自分で支払えと言う。

礼子は、結婚して直ぐ、某旅行会社の添乗員として勤め始めた。嫌な工場の仕事は、全部、僕に押し付け、さっさと、自分は会社から引退していった。添乗員の仕事は泊まりが殆どだと云う。勿論、それを口実に、夜の街で遊んでいたのは知っている。礼子が自宅に居るのは、週に二日程度。新品の電化製品は、調理をする事がない為、何時まで経ってもピカピカのままだった。まるで生活の匂いと云うもののがない部屋。そんな環境での生活は、恐ろしいばかりのストレスを、僕の中に蓄積して行った。

しかし、僕には目的があった。だからこそ、そんな生活にも耐える事が出来ていた。一度、自分を人間のクズだと認識してしまえば、大凡、この世に怖いものなど何もない。守るものも、怖いものもない。あるのは毎日、僕の中に蓄積していくストレスに対する、復讐。僕の目的はそこにある。僕は、僕を人間のクズだと、本当のゴミだと、その認識に導いてくれた礼子と、その家族に対する、心からの感謝を籠めた、復讐。その復讐心だけが、僕をこの過酷な環境下で支えていた。

「離婚をする人間は、クズ」

そんな軽薄な思い込みで、他人を平気で否定する。自分の命を懸けて式に臨み、自分達の結婚を、命と引き換えにしてまで祝福してくれた人の死に、平気でその死と、威厳に対し、唾を吐きかけ、踏み躙る。人情の自然に悖る行いや発言を、平然となし、省みることもなく、横暴極まる仕打ちを、簡単に他人に強いる。そんな事に、なんの罪の意識も持たぬこの家族に、

「地獄を見せてやる」

僕の復讐心は、日々、積み重ねられるストレスで、どんどんと膨らんで行った。

伊達に一日の大半を仕事に費やしていたわけではない。入社当初、三千万程度

だった年商を僕は、最終、一億にまで伸ばした。現状の生産方法では、生産が追いつかないと云うのを名目に、それまでの、社長の職人的な技術を総て数値化し、そのデータを使い、六千万の設備投資をして、生産の全てをオートメーション化した。こうしてしまえば、もう、以前のように、人海戦術での製造は不可能になる。数値化したデータは、総て、僕だけにしか分からない。コンピュータからデータを消し、バックアップを廃棄し、データを葬ってしまえば、仮令、緊急に、以前の体制を整えたところで、一億円の生産を生み出すのは不可能だ。それと並行して、少ない時間をやり繰りし、できる限り、礼子を抱いた。この女が、親の決めた納得のいかない結婚を受け入れたのは、奴隷として使える僕の器用さと、セックスが理由だったのだろう。

礼子は、所謂、セックス依存症。愛情ではなく、行為そのものに依存をするタイプで、セックスなしでは居られない。しかし、余程、僕を人間として受け入れられなかったのだろう。そんな事情を知らぬ親類縁者から出る、「早く元気な男の子を」と云う声とは裏腹に、彼女は、頑なに、ピル以外の、あらゆる避妊対策を僕に義務付けた。最初の頃は、よくパイプカットを強要されたものだ。

僕の目的は、彼女を妊娠させる事。会社を倒産の危機に追い込み、礼子が、最も忌み嫌う、妊娠、子育て、そして離婚。それを、彼女にプレゼントする事にある。

……待ってろよ、三年、年商が一億を超えたら……それを……お前達に……プレゼントしてやるよ……心からの……感謝をこめてな……

しかし三年後、僕の計画が成就することは無かった。バブルが弾け、景気が急降下していく中でも、年商は緩やかではあるが伸びていた。しかし、親類、縁者からの、矢の様な催促があるにも拘らず、依然として、礼子の避妊対策は万全で、頑として僕の遺伝子を拒絶し続けた。僕は、避妊具に細工を繰り返した。そして、それから二年、漸く、礼子は懐妊するに至る。慌てた彼女は、直ぐに中絶を言い出すが、周りは礼子の中絶の意思を受け入れなかった。

……もう少しの辛抱だ……後……数ヶ月もすれば……この女にも……ここの家族に……地獄を見せてやれる……

自虐的なマゾヒズムと、殺意を帯びたサディスティックな感情が交差する中で、僕の胸は、静かに、静かに、高鳴っていた。

一昨日から降り続いた雨が止むと、景色は、まだ冬の名残が絡みつくと云うのに、空気は、どことなく湿り気を帯びていて、暖かかった。

その日、社長を初めとして、矢崎の親族は、尽く、社から席を外していた。昨日から入院している礼子の出産が、いよいよ始まったからである。

「慎也君は、呼ばんといて」

礼子の一言で、僕は、出産の立会から席を外された。僕は、彼らが抜けた穴を埋める為に仕事に追われた。主な事務仕事を終えると、布美枝が担当している出荷ブースのパートの指揮を執る。そんな慌ただしい時間の中、僕の知らないタイミングで、僕の知らない場所で、彼女は、この世に生を受けた。

僕が彼女に対面したのは、彼女が産まれて、四十時間も経っていたろうか。沐浴はおろか、既に、僕には何の相談もなく、名前さえ決まっていた。矢崎葉子。それが、彼女の名前だった。

—三—

社長に場所を聞き、訪れたその産婦人科は、意外にも、随分と寂れた景観をしていた。なんでも、あの明子が、礼子を始め、三人の姉妹を出産したのが、この寂れた産婦人科であると云う。少し離れた場所にある専用駐車場に車を停めると、僕は、その駐車場から見えている、寂れた建物へと向かう。そこで僕は、妙な感覚を覚える。それは、建物や、その場所に見覚えがあると云うのではない。少し曇りを帯びた空や、季節感、特に、リアルタイムに目に飛び込んでくる色彩の羅列が、僕の記憶の中の、何かを、刺激するのだ。そんな感覚に包まれながら、僕は、白と茶色を基調とした、その建物の扉を開いた。

するると、その途端、首筋や背中の辺に、極微細な、砂粒が張り付いた様な感覚があり、やがて、その違和感は、確かな皮膚上の感覚となる。それが自分の鳥肌である事に、僕は気付いた。異様なまでに、全身の肌が泡立っているのだ。

受付で名前を告げると、看護師の女性は、直ぐに彼女を抱いて僕の所にやって来た。

「はい、お待たせしました、この子が、葉子ちゃんです」

看護師の女性の手から、僕に差し出された赤い顔をした彼女は、それは、凡ゆる生の可能性を裡に宿した、原始の、宇宙の様だった。

僕は、差し出されたその命の塊に、手を伸ばした。するとその瞬間、泡立っていた肌が、潮が引くように治まり、刺激されていた記憶の扉が鍵を得たかの様に開かれ、堰きを切って、その全てが溢れ出してきた。

クリスマスイブの夜、あの、雪の深々と降り積もる山中で見た夢。あの板葺きの、平屋の玄関で、僕の膝の上に女の子が乗ってきた時の、あの、慟哭が、凡ゆる記憶の時系列を無視して、僕の脳の前頭葉を支配する。

……あれは……これ……だったのか……

彼女の身体は、柔らかかった。今にも壊れそうな程に、頼りなかった。今迄、生きて来て、一度足りとも感じたことのない、感慨。

「愛おしさ」

僕の、心の抽斗の、何処を探しても、存在しなかった質《もの》。今、僕が知る限りの語彙で、あの慟哭を、表現するとしたなら、それは、愛おしさだった。

「私、嫌やしっ、ずっと子供と家に居るなんて、息が詰まってまうわっ」

―四―

本人の中絶の意思を無視して、周りの意見で産ませたのだからと、葉子は、ほんの数ヶ月の頃から、託児所に預けられる事となった。朝は、礼子が託児所に連れて行き、午後からは、僕が託児所迎えに行く。礼子が仕事を(仕事なのかプライベートなのか判然とはしないが)終えて帰るのと入れ違いに、僕が仕事に出掛ける。只でさえ少ない睡眠時間は、この頃、三時間を切る程になっていた。慢性的な睡眠不足。最も憎い人間と、最も愛おしい人間との暮らし。壊したいものと、守りたいものが、同じ空間に混在する中で、その、どちらにも、手を伸ばし、選択しきれないストレスは、僕の精神を、今、思えば、ズタズタに蝕んでいったのだろう。

葉子は、大きな病気をすることもなく、スクスクと育ってくれた。葉子が二才の頃、礼子は再び妊娠をする。しかし、礼子はこれ以上、自分の時間を犠牲にするなど思いもよらない。最初の子が女であった為、中絶を言い出せば、また周りは反対する。そう考えた礼子は、妊娠間もなく、コソコソとトレーニングジムに通い、意識的に激しい運動を続けた。結果、ある夜の事、トイレで、大量の出血をした礼子を慌てて産婦人科に連れていくと、礼子の思惑通り、子供は、流産していた。

徹頭徹尾、価値観の違うこの女と、人権無視の長時間の重労働。正直、僕はもう、限界だった。

僕が礼子と結婚してから、ここの家族は、毎年正月を海外で過ごす様になった。もちろん、僕は居残り、パートの主婦連中を指揮して、大晦日まで新年の仕事の準備をする。この話しを人に話すと、随分と憐れみを受けるのだが、そうでもない。こんな連中に、旅先で、雑用係として扱き使われるぐらいなら、会社でのんびり、主婦連中と、冗談でも交わしながら仕事をしている方がよほど増しである。

毎年、夏になると、年末の旅行先の選定をするため、礼子が勤める会社の営業が会社を訪れる。彼らは、今年の旅行先を、ニュージーランドと決めた。

「では、今年は、十二月の二十三日より、ニュージーランドと云う事で、ご予約承りました」

旅行会社の営業が恭しく帰って行くと、もう五才になっていた葉子が、明子に質問をする。

「ねぇ、なんで、お父さんは、何時もお留守番なの」

明子は、自宅の門前で、番犬として飼われている芝犬のシロを指さし、そして、こう言った。

「ほら、シロは、何時も、こうして、お家で、お留守番してるでしょ。お父さんは、シロと一緒なの。会社でお留守番するのが、お父さんの、お勤めなの」

「じゃあ、お父さんは、犬と一緒なん」

「そうよ、一緒。お父さんはね、ここのお家の、犬よ」

「おい、礼子、慎也君の居る前で」

「ええやないの、この人は家の犬よ、本人も自覚してる事なんやから、別にええやないの、ねぇ、慎也君」

葉子への愛情で、辛うじて均衡を保っていた愛憎の天秤のバランスが崩れ、真っ逆さまに、螺旋を描いて墜ちていく。十年。思い返せば、長くもあり、短くもあった。辛い思い出ばかりではない。葉子が、初めて寝返りをうった。葉子が、初めて伝い歩きをした。パパと、頼りない片言が、お父さんと言うようになり、沢山の言葉を話す様になった。抱っこが大好きだった葉子。託児所から戻り、マンションのエントランスに入ると、葉子は決まって抱っこを要求する。それは、単に、我儘と云うのではなく、この子は、そういった行動で、自分に対する僕の愛情を確かめ、よく、僕の気持ちを試そうとする節があった。

夕顔が咲く時間。葉子と僕は、託児所の帰り、マンションの向かいにあるコンビニでアイスクリームを買って、二人で食べた。

「ねぇ、お父さん、抱っこちて」

葉子の汗ばむ背中に手を回し、葉子を抱き上げる。

「もう、自分で歩かな、あかんやんか」

そう文句を言いながらも、僕は、葉子を抱いて、マンションの、何時もの階段を上る。葉子は別に階段を上るのが嫌なのではない。無理な要求を僕が飲む事で、僕の愛情を確認しているに過ぎないのだ。だから、階段を上りきり、部屋の扉を開けると、彼女は、僕の手から飛び降り、いちもくさんに靴を脱ぎ散らかし、室内へと駆け込んで行く。

「お父さん、葉子、ど〜こだ」

葉子は、決まって奥の部屋のカーテンの後ろに隠れる。カーテン下部の隙間からは、急いで靴を脱ぐため、半分、脱げかけた靴下が引っかかった小さな足が二本見えている。

「あれ、葉子〜、葉子は、どこかな、ここかな、それとも、ここかな」

道化た振りで、僕は先ず、物置を開き、次いで、ソファーの裏を探し、お決まりのルートで葉子に近づいて行く。葉子は、声を押し殺して、クスクスと笑い、そして、僕が彼女を見つけるのを、ワクワクしながら待っている。僕らは、決まって帰ると、この隠れんぼをして遊んだ。

……お父さん、葉子、ど〜こだ……

あの日、葉子の声は、僕に届かなくなり、祖父の末期の顔を、僕は忘れた。

―五―

十一月の初旬、取引先の信用金庫で、クレジットカードを三枚作り、信販会社のカードと併せて、五枚のカードを僕は用意した。車の買い替えと称し、頭金の名目で会社から金を引き出し、その中から三十万円を抜き、それをマンションの敷金に充てた。十二月に入り、コレクションのギターを全て現金化し、その頃、メインで使用していた、57年のフェンダーストラトキャスターと、マーシャルのJCM30、そして、化繊の毛布一枚だけを、そのマンションに運んだ。

十二月二十三日、天皇誕生日。

矢崎一族はニュージーランドへと旅立つ。十二月三十一日、大晦日。仕事を済ませ、パートの主婦連中に幾許かの労いを包み、工場のシャッターを閉めた後、僕は、機械のデータを消去し、バックアップを全て焼却炉で灰にした。事前に乗用車一台だったのを軽乗用車二台に買い換えて置いた僕は、その一台に乗り込み、新しく借りた賃貸マンションへと向かった。

袋小路にポツンと建つ、そのワンルームマンションの脇道に車を駐車し、部屋の扉を開ける。鉄筋コンクリートの部屋は凍り付く程に冷えきっていた。備え付けのエアコンの暖房を全開にし、化繊の毛布を膝に掛けると、部屋の中心にあぐらをかく。何もない、本当に何もない部屋は、ワンルームといえ、僕には途方もなく広く感じた。十五才の頃、初めて手に入れたあのアパートの事を思い出した。

あの時も何も無かった。何も無いところからのスタートだった。僕はふと思い立ち、57をケースから出し、一頻り生で何曲かを弾いてみた。あの頃の自分には無く、今は自分にあるもの。三十四才になって僕に残ったのは、この57のストラチキャスターと、ＪＣＭだけだった。

明けて一月の五日。

その日から携帯電話は鳴りっぱなしになる。言うまでもない。矢崎絡みの電話である。親族、友人、知人、中には、彼らの知らぬはずの昔の友人まで探り出して、彼らは連絡を取ろうとあらゆる手段を講じて来た。当然だろう。僕とデータが一度に消えた為、生産は完全に停滞している。生き馬の目を射抜くような食品業界で、納品が出来ないような業者は即刻、干されてしまう。その日から、昼夜問わずビジネス用の僕の携帯は、液晶の発光ダイオードの光が消えることがなく鳴り続け、その状態がそのまま二週間ばかり続いた。もっと痛快な気分になるものだと思っていた。自分が思い描いたシナリオ通りに、会社もあの家族も目茶目茶になろうとしているのだ。

「苦しめ！　ざまぁみろ！」

そんな言葉を吐けるものだと信じていた。しかし、事後、僕の心を支配したのは、後悔と、葉子に対する罪悪感と、そして空虚感だけだった。こんな事の為に、こんな事をする為に、僕は、生きているのか。

正式に離婚が成立したのは、それから三ヶ月後の事だった。離婚の条件はただひとつ。葉子とは、二度と会わせない。と云うものだった。

覚悟はしていた……

している、つもりだった……

# 第十一章　呪いの報酬

## ―一―

貨物の商業ナンバーを取得して、僕は小さな運送会社を始めた。リクルート系の情報誌と、スポーツ新聞の夕刊紙をコンビニエンスストアに配達する仕事を獲得して、僕の新しい仕事は何事も無く順調に始まった。

朝は七時に出勤して荷物の梱包をし、昼に、駅に届く夕刊紙を積み込んで配達を始める。一日の実質労働時間は、たったの五時間程度。矢崎で一日の大半を仕事に費やしていた僕にとって、こんなもの、とても仕事と呼べるものではない。しかし、僕は他に仕事を入れようとは思わなかった。三十四才。僕は、もう半ば諦めていた音楽に、もう一度取り組もうと考えていたからだ。

幾つかのバンドにギタリストとして、また、ボーカリストとして参加してみるものの、ブランクで衰えた僕の技量は全く周りに及ばず、僕は、自分の限界を直ぐに感じる。でも、バンドは楽しかった。忙しく曲を聴き、苦手な譜面と格闘していれば、現実の空虚から逃れることが出来た。僕の狭い部屋は瞬く間に高級ギターと機材に埋もれていった。収入の大半をバンドと楽器に費やし、音楽に依存する事で、僕は過去の空虚を必死で埋めていたのかもしれない。相変わらずである。何かに依存していなければ生きて行けない。相変わらず僕の命は、鳥の羽よりも軽かった。

しかし、そんな生活は長く続かなかった。僕の精神は、あの矢崎での十年間で確実に蝕まれていたのである。最初、僕は運転中、突然どうしようもない眠気に襲われ、その自分の症状を図書館で調べた。それはナルコレプシーと云う病気だった。諸事情から保険証を作れなかった僕には、医者にかかると云う選択肢はなく、だから僕は、海外から向精神薬を個人輸入し、それを服用しながら仕事を続けると云う無茶をやった。そう、今考えれば無茶な事をしたものだ。なまじ脳神経学や、脳内科学の本を読みかじっていたばかりに、自分でなんとかしようとしてしまったのだ。

ナルコレプシーは日増しに酷くなり、それだけではなく、今度は鬱病らしき症状が僕を襲った。海外から取り寄せていたのはメチルフェニデートとＳＳＲＩ、メチルフェニデートとは、ナルコレプシーならびに十八歳未満のＡＤＨＤ患者に対して使われる、アンフェタミンに類似した中枢神経刺激薬である。

ＳＳＲＩとは、抗うつ薬の一種。シナプスにおけるセロトニンの再吸収に作用することでうつ症状、病気としての不安の改善を目指す薬。ここで僕の薬物依存が始まった。

投薬も虚しく、症状は俄かに酷くなるばかり。僕はとうとう仕事が出来なくなり、知り合いに仕事を譲り、マンションに引き籠もる。焦燥感は余計に病状を悪化させる。余計な知識がなければ。今、思えば、本当にそう思う。しかし、復讐と失踪を敢行したその時の僕は、誰に助けを頼む事も出来ない。

メチルフェニデートの使用を始めて暫くした時の事だった。ある異常が僕の身体に現れ始めた。それは、俗に言うＥＤ。メチルフェニデートを飲むと、何故か性的興奮が現れた。多分、処方なしに使用していた為、分量を誤っていたのだろう。しかし、その性的興奮は精神的なものだけで、身体の方はまるで反応しないのである。興奮状態にありながら、その欲求が処理されない。興奮状態のまま眠れない、そんな日々が続き、浅い微睡の中で、僕は、あの声を聴く。

「死んで仕舞えばいいのに」

突然、枯れ萎びたまま、僕はあの声と共に、あの時と同じ大きな射精をする。黒髪から覗く、あの女の白い眼球が、加虐の色を宿し、僅かに歪んだ様に、感じられた。

矢崎での十年、僕は不思議と彼女とは逢わなかった。今、考察するなら、あの家族から与えられる、あり得ない長時間の重労働とストレス。それが彼女の存在を心の奥深くに押し込めていたのかもしれない。彼女は薬を飲むと現れた。そして彼女は薬の量を、必ず、現れる度に増やして行った。

そんなある日、薬事法の規制により、メチルフェニデートの個人輸入が禁止され、僕は薬の入手先を失う。焦ったのは僕ではない。それに震撼したのは、どうやら彼女の方だった様だ。

ここからはもう、自分なのか、彼女なのか、薬の幻聴や幻覚なのか、それらを紐解き、こうだと断定することは出来ない。僕は、半ば違法行為と認識しながら、中国から、メチルフェニデートより、更に強力な、リタリンの個人輸入を始めた。

彼女と虐待は密接に結び付いていた。子供の頃、彼女が活動出来るのは、僕が虐待を受けた後だった。動物は、暴力や命の危険に遭遇すると、脳内麻薬の分泌が盛んになる。例を挙げると、今、正にライオンに食べられている草食動物の目が、痛みを和らげようと分泌されるβエンドルフィンや、セロトニンにより、快楽にウットリとする。つまり、彼女の行動は、脳内麻薬の分泌に深く関わりがある。加虐と云う生命の危機により、脳内に麻薬が異常に溢れた時だけ、彼女は僕の身体を自由に出来るのではないだろうか。脳内で製造、分泌される脳内麻薬の量など、意識的に摂取する向精神薬の量に比べれば微々たるものである。向精神薬の摂取を始めた事により、僕は、僕ではなくなり、彼女が表面化して来る。それはやがて、精神面から肉体面への変化も伴い、僕の身体を、いつしか、彼女が支配する様になって行った。

そんな兆候を微かに感じ始めた頃だったと思う。急にある男から連絡があった。

「慎也さん、最近、葉子ちゃん、工場によく遊びにくるけど、なんか、話し聞いてたら、やっぱり慎也さんに会いたいみたいやで。たまには連絡してあげたら」

その男は、矢崎に勤めている社員。きっと、彼のそれは善意だったのだろう。しかし、彼のその忠告、それが、僕の生き地獄の始まりを告げる鐘になろうとは、その時の僕には、計り知れぬ事だった。

僕は襤褸襤褸《ぼろぼろ》の自分を引き摺《ず》り、その男の言葉に縋り付く様に、矢崎家に電話を掛けた。

「はい、もしもし、矢崎です」

甲高く、無駄に大きな品のない声。電話に出たのは、あの礼子だった。

「あ、俺や、すまんけど、少しでいい、少しでいいから、葉子と喋らせてくれんか」

「ははは、はぁ、あんた、自分が何をしたか分かってるん、あーびっくりした。えー、葉子と、話し、んなもん、させるわけないやろうが、このカス」

ガチャ！　プー　プー　プー　プー
しかし、後日、今度は社長である矢崎総一郎から、直々に電話が掛かって来た。

「はい、もしもし、丸山です」

「ふん、なんや、意外に元気そうな声やな、なんや、葉子に会いたいらしいやないか」

「はい、恥を忍んで電話しました。少しでいい、葉子と、話しさせて貰えませんかか」

「ふん、お前みたいな鬼畜でも、父親としては、まだ人間らしい気持ちがあるんかい」

「どう言われても構いません、少し話せたらそれでいい、なんとか、礼子に頼んで下さい」

「まぁ、わしもお前と同じ父親や、また連絡する、待っとけ」

だが、総一郎からの次の連絡は、電話ではなく、Ａ４サイズの封書によるもので、中には三セットの借用書と手紙が入っていた。その手紙には、かいつまむと、次の様な事が書かれていた。

(明子の父が亡くなった。当てにしていた財産分与がなかった為、会社は倒産の危機に瀕している。自分がしたことを悔いるなら、その借用書の保証人の欄に署名捺印をして返送しろ。返送があり次第、電話を許可する。もうすぐ葉子の入学式、ランドセルはお前が買ってやれ。わしは仕事で入学式には行けない)

僕は全部の借用書に署名捺印を済ませ、早速返送をした。

リタリンの大量摂取による食欲不振で、身体は痩せ細る中、乳房たけが、痩せない。否、膨らみが増して来た様にさえ思える。半陰陽、両性具有、インターセックス、性分化疾患。

――二――

思いつく事の限りを調べるが、自分の状態が、まるで分からない。服を着れば気にはならないが、明らかにもう、以前の自分とは別人の様な自分。あの女に似た、痩せこけた自分が、くすんだ鏡に映っていた。その鏡の横には、何かのアダルト雑誌の付録だった、等身大で全裸を写した女優のポスターが貼られていた。このポスターを見て、鏡に映る自分を見て、僕の中のあの女は、いったい何を考えているのだろう。もう、自分の事がまるで分からない。僕の中の彼女は、何を考え、何を目指し、何処に行こうと云うのか。薬が効力を失い、彼女が消え、余りにも無残な自分の姿がその鏡に映ると、僕は、底の見えない不安、恐怖で、また薬に縋ろうとする。そんな時、電話が鳴った。

「もしもし、イヒッ、だーれだ」

「んー、誰やろ、アンナちゃん、マドカちゃんかな、あはは、ウソやん、葉子やな、久しぶり、元気か」

「アタリー、もう、お父さん、元気そうやんか、葉子は、もっとショボリしてるかおもたのに」

「うん、さっきまではショボリしてたけど、お父さん、葉子の声聴いたら直ぐに元気なったよ、ありがとう」

薬の効力がドンドン薄れ、自分の声とは裏腹に鬱の魔の手が忍び寄る。零れ落ちる涙は、黒く塗られたアイラインを溶かし、炭の様に真っ黒で、そのいやらしい黒い涙が僕の剥き出しの太股を濡らす。僕は、その真っ黒な涙の粒が落ちた自分の太股を見ながら、必死に明るく振る舞い、何事もないように葉子と話し続けた。

葉子との電話を切ると、僕は完全に自分の人格を取り戻している事に気づく。彼女が消え、完全に人格を取り戻した自分の目に映る現実は、途方もない無限地獄の中に思えた。

買い込んでいた、高価な向精神薬を、全部ゴミ箱に捨てた。そして、ゴミ箱ごと車で運び粗大ゴミのゴミ捨て場に捨てた。

……とにかく……食い物だ……

その日から、僕は薬を断ち、体重を戻す為に必死で食べた。総一郎の手紙の最後の一文。

「ランドセルはお前が買ってやれ、わしは仕事で入学式には行けない」

葉子に会える。しかし、葉子に会うまでに、何としても、葉子の記憶にある、あの頃の元気な自分の姿を取り戻さねばならない。体裁を繕う為、僕の、地獄での闘いが始まる。

仕事が出来なくなり、高価な薬の代金に追われ、僕の経済は実質的にはもう破綻寸前だった。しかし、あらゆる裏の手を尽くし、僕は金を作り、食べ、太り、葉子に会う日に備えた。そして、葉子のランドセルを買いに行く日を決める電話が、ある日、礼子から掛かってきた。

「あ、もしもし、葉子のランドセルの件、来月の最後の日曜日にしてくれる」

「え、随分、入学式にギリギリやけど、大丈夫なんか」

「え、あぁ、大丈夫。それと、当日は葉子ひとりで、あの近くのスーパーの二階、そうやな、子供服売り場に、昼に行かせるから、六時に連れて来て。あんたも私の顔、見たないやろ」

「わかった、じゃ、スーパーの二階の子供服売り場に昼で」

「うん、お昼ご飯、適当に食べさせてな、じゃあ」

葉子との再会にあたり、一番の懸念が晴れた。来月の最後の日曜日なら、ギリギリ、なんとか体重を取り戻せる。そして、なにより、礼子に会わずに済む。僕は電話を切ると、思わず笑みが零れた。すると、再び電話が鳴る。僕は嫌な予感を抱きながら電話に出た。

「あ、言うの忘れてたけど、一番高いランドセルにしてな。うち、商売してるから、周りの目があるねん、わかるやろ」

「わかった、それだけか」

「うん、じゃあ」

何処までも、くだらない家族、くだらない女だ。それが、情けなくもあり、また哀れでもあると思った。

薬を止めてからと云うもの、毎晩、薬の夢にうなされた。夢の中で、僕はガソリンスタンドに居る。スタンドの店員に薬をくれと頼む。店員は薬を持ってくる。しかし、何故か油汚れで真っ黒になった雑巾に薬を開け、それに包んで僕に渡す。こんなもの使えるか。そう思う。しかし、僕は要求された金を払ってそれを受け取る。家に持ち帰ると、薬はこぼれて半分くらいになっている。そして、その薬は、全然効かない。荒れ狂う怒りの中、僕は布団を蹴り目覚める。そんな夢ばかりを見た。その日の朝も、確かそんな夢に起こされた筈だ。

冷蔵庫から取り出したスポーツ飲料を飲み干してから、僕は浴室でシャワーを浴びた。シャワーの後、体重計に乗り体重を確認する。五十四キロまで落ちた体重は六十二キロにまで戻っていた。しかし、葉子の知っている僕は八十キロの巨漢。まるで足りない。気分も最悪である。鬱の為、何をする気にもなれない。

着る服はダブルのスーツと決めていた。少々時代遅れだが、一番恰幅がよく映るからだ。

僕は鬱々としながら準備を始める。これから葉子に会えるのに、あんなに待ちに待った日なのに、その喜びは僕を支えるが、鬱を振り払うには至らない。心は、もう葉子の元に走り出していると云うのに、緩慢な動きしか出来ない身体が恨めしく、しかし、それでもなんとか準備を整え、僕は車に乗り込んだ。車は、一時間と少しでそのスーパーの駐車場に着いた。この辺りから逃げる様に居なくなって二年、代わり映えの無い景観に、何故か妙に郷愁が込み上げて来るのを感じた。

車を降り、スーパーの出入り口に近づくと、もう、自分の目は葉子だけを探している。子供服売り場へ着く。しかし、それらしき子供は見当たらない。一抹の不安が胸に過る。やはり騙されたか。白紙の借用書三枚、個人の公的な限度額とはいえ、かなりの額になる。その時だった。誰かが僕の横っ腹から体当たりをして来る。僕は若干の痛みと共にそれを抱きしめた。

「こらー、何時もは見つけてくれたのに！　なんで今日は探してくれんのやー」

大きくなっていた。輪郭も随分と細っそりとして、なんだか大人びている。しかし、あの頃のあどけなさは、あの日のままで、葉子は頬を膨らませ、僕の前に現れた。

「ごめん、ごめん、まさか隠れてるなんか思わへんやんか」

「あかん、お父さんは、何時も、葉子を探して見つけるんや。あれ、お父さん、凄い痩せてる」

僕に抱きついた葉子の小さな掌が、僕の腰や腹を撫でる。やはり服ぐらいで誤魔化せるものではない。葉子の心配そうな視線が僕の全身を隈なく観察する。

「それにお父さん、なんか、女の人みたいに、凄く綺麗。テレビの人みたい」

葉子の言葉に全身が泡立つ。葉子にはもう見えるのだ。僕の中で実体化を始めたあの女の影が。

「そうやろ、実はお父さんな、ダイエットしたんや。またバンドもしてるしな。デブのギタリストなんか最低やろ。だから、もうモテモテで困るわ」

「えー、じゃあ、バレンタイン、何個貰ったん、葉子は、四個貰ったんや」

「なんでやねん、葉子は女の子やからあげるほうやんか」

「葉子わぁ、本気しかあげへんねん、本気しかな」

「いやいや、それを言うなら、本命やろ、本命」

「あ、そうそう、それや、それ、だからな、今年は会えんかったから、来年は、お父さんにあげるからな。どや、楽しみやろ」

「うわー、それ、めっちゃ楽しみやんか、お父さん、めっちゃ、めっちゃ、嬉しい」

僕は込み上げてくる嗚咽を抑えるのに必死だった。自分を見捨てた父親だと云うのに、この子は恨み言のひとつさえ口にしない。それ許りか、二年前と少しも変わらぬ口調で、少しも変わらぬ優しさを僕に呉れる。どんなに辛かったとはいえ、この子の声が聴こえなくなった自分が情けなかった。この子を捨て、薬に逃げる自分が、心底、情けないと思った。

「さーてと、先にご飯食べよっか。葉子は、何が食べたい」

「え、何でもいいん」

「もちろん、好きなもん言うてみ」

「じゃーあ、今から、三つ、葉子が言うから、お父さん決めてな」

「あはは、なんやろ、言うてみて」

「はい、じゃあ一番、お父さんの煮込みハンバーグ」

「え！　そ、それは、無理やな」

「え～、じゃあ二番、お父さんの、鳥皮キュウリ」

「んー、それも、無理やな」

「もぉー、じゃ、お父さんの、卵焼き」

「ちょい、葉子、今日は外食やねんから、その、最初のお父さんのってやつ、外してよ」

「え〜、葉子、お父さんの作ったやつ食べたい〜」

生きている。そう、思った。

この子の中には、父親としての自分が、この子の思う形でまだ、ちゃんと、生きている。それが、酷く、切なかった。

「葉子ちゃん、今日は、お外やから、お家じゃないし、また今度にしよ」

「今度なんか、あるん」

「あ、あるよ、絶対、絶対にあるし」

「ぜったい」

「うん、絶対や」

「じゃあ、葉子、牛丼でいい」

「牛丼って、もっといいもん食べようよ」

「あかんで、お父さん、お金ないやろ、節約、節約や」

「節約なんて言葉、なんで知ってるん」

「だってな、今、うちな、お金ないんやって、お母さんも、じーちゃんも、ばーちゃんも、みーんな、お金ないねん」

七歳にも満たないこの子が、こんな事を言うなんて、余程、矢崎の経済状態は悪いのだろう。

「なぁ、葉子、北野のアバッフェ、覚えてる」

「え、んーと、あれや、タラコや、タラコのスパゲッティや」

「葉子、あれ大好きやろ、今日は、あれ、食べに行こう」

「やったー、うん、いくいく、じゃあ、ランドセルも三宮で買うん」

「うん、お父さん、実は昨日な、この辺の店、見て周ってきてんけど、入学式ぎりぎりやから、品切れとか、有ってもな、あんましいいのが無かってん、だからな、やっぱり、三宮まで行こう」

「やったー、三宮でご飯とランドセルやー」

それから僕らは車に乗り込み、山麓バイパスを抜けて、神戸北野で、葉子が大好きだったタラコとイカのパスタを食べ、センタープラザで見つけた、礼子ご指名の、ブランド物の赤い高級ランドセルを手に入れた。葉子は沢山の話をしてく

れた。幾つもの習い事をしている様だが、その中で葉子は、どうやらダンスが一番楽しいらしい

「なぁなぁ、やってやって、こうやって、こうやって、こうすんねん」

「え、こうやってこうやって、こうか」

「ちーがーうー！　こうやって、こうやって、こうやんか」

「なんでやねん、こうやって、ここで、こうやろ」

「ぎゃはは！　お父さん、ダッセー、死にかけの金魚みたい。ギターはうまいのに、ダンスはあかんな」

「うぅ、じゃかましーわい」

「ぎゃはは、でも、お父さんは、そうやって、やってくれるから、好き」

「なんで、他の人はやってくれんの」

「うん、みんな、つまらんねん、ずっと、怒ってばっかりや」

そう言いながら、ふと遠くを見た葉子の脳裏には、あの時、いったい、何が、浮かんでいたのだろう。

そんな風に、遠くを見ていた葉子の瞳が突然キラリとする。そしてそうかと思

えば、一目散に葉子は駆け出した。葉子が掛けて行く方に視線をやると、猫だかなんだかの着ぐるみを着た人が何かを配っていた。僕は遠くなって行く葉子の背中を見ながらある事に気付く。

鬱を患ってからと云うもの、脳の中心部分に、なんだか空洞が出来てしまった様な感覚があった。それは、ものすごく気持ちの悪い違和感で、そこに、確かに、あるべきものがなく、その部分だけが空洞になっていて、その空洞があることが不安で、気持ち悪く、不安定この上なく感じてしまう。それが、どうだろう、葉子と居るこの数時間の間に、随分とその空洞が小さくなった気がするのだ。ずっと、何をしていても、埋まることのなかったその空洞を、今、何かが、少しずつ満たしている。僕の中の、あのどうしようもない、船酔いの様な、あの逃れようのない違和感、それが、そう、白濁した視界がクリアになるように、その違和感を忘れ始めている。僕は、間違っていたのだろうか。じゃあ、どうすれば、良かったのだろう。あのまま、あの家族のすべてを飲み込んで、許し、生きていけば良かったのか。あのまま、あの家族の犬として、傀儡のような毎日を、ずっと、生きるべきだったのだろうか。

背中を向けていた葉子が、小気味よくクルリと僕の居る方に振り向いた。そして、なんだかとても嬉しそうな顔でこちらに駆け戻ってくる。

「見てー見てー、もらったーもらったー」

葉子が手にしているのは、ピンクのハートマークに、アルファベットが並んでいるシールだった。

「お父さん、携帯、携帯かして」

言うが早いか、葉子は僕の携帯をひったくり、そのシールを早速貼り付けている。

「ほらー、すごいやろ、葉子な、英語、書けるねんで」

僕に手渡されたそれには、ＹＯＵＫＯ、とハートマークのシールが並んでいた。

「はい、お父さん、あのな、これを見たら、葉子の事を思い出すねんで、わかった」

「うわ、すごいやん、うん、わかった、お父さん、これ、剥がれんように気をつけるわ」

葉子は満足そうにうなずくと、また僕の手を引き、歩き始めた。

それから僕らは、そのまま駐車場に向かった。楽しい時間はまるで夢のようで、ダッシュボードの横にある時計が示す時刻が信じられない思いだった。少し暗くなった帰り道。車窓から、匿名的な一点をずっと見ていた葉子。僕らが無言のまま、彼女と待ち合わせたあのスーパーの近くまで帰って来たのは、もう、十八時を五分ばかり過ぎた頃だった。このまま駐車場に車を乗り入れてしまうと、もしかしたら迎えに来ている誰かに会うかもしれない。僕は、スーパーが二百メートルほど西に見える路上で車を止めた。

「葉子、どない、あそこまで歩いて行ける」

「うん、大丈夫やで」

僕は車のハザードを点灯させ、助手席側に周りドアを開く

「楽しかったな。またすぐ会えるな。今度は入学式の日にな」

「うん、お父さん、絶対に来てよ」

「行くよ、行くに決まってるやんか」

「わかった、葉子、待ってるからな」

葉子は僕の方を向いたまま、二〜三メートル後ずさりをする。僕は、じっと葉子の顔を見ている。すると、僕を見ていた葉子の視線が、僅かに右にそれた。葉子

の視線は僕の右後方の何かに向いている、そう思った瞬間だった。葉子の視線が僕の瞳に向けられ、葉子は僕の瞳をじっと見すえたまま、躊躇うこともなく、いきなり車道に飛び出した。僕の身体は頭で考えるより先に動き出していた。

ギャギャギャギャギャー

ゴムのタイヤとアスファルトが、限界を超えて擦れる、引き裂かれるような摩擦音が辺りを支配して、そこに居る総ての人の視線が僕と葉子に向けられる。僕は振り向かない。僕が見えているのは、葉子の黒い二つの瞳、それだけだった。葉子が弁慶のように大きく手を広げる。僕はその開かれた手と手の間をすくい取り、全身で葉子の盾になった。次の瞬間、摩擦音がピタリと止まり、僕は、自身の五感の全てで葉子の安否を確認する。

……大丈夫だ……

振り返ると僕の背後に迫っていた車は、僕の背中から、約三十センチにまで到達していた。運転していた女性は、放心したように僕と葉子を見ている。僕は再び葉子の顔を見た。まん丸く見開かれた彼女の瞳が、三日月の様に歪んだかと思うと、そこから、ぽろぽろと大粒の涙が溢れ出してきた。

「葉子！　なにしてんねん！」

「だって」

「だってと違う！　何でこんなことするねん！」

「だって、お父さんが、お父さんが」

「お父さんがなんや、いったいどないしたんや」

「だって、お父さんが、絶対、助けにきてくれるとおもてんもん」

「な、なんて事を、お前、俺を、試したんか、葉子」

「絶対に、絶対に、葉子を助けてくれるとおもたんやぁぁぁあぁぁ、うわぁぁあぁぁぁぁん」

もう、考えるべき事も、言うべき事も無かった。誰が悪くても、それがどんなに赦すべき事でなくても、誰が赦さなくても、僕は赦そう。世界中の誰の為でもなく、この子、ひとりの為に、この子、たったひとりの為にだけ、僕は、自分の全部を曲げてしまおう。そうするしか、そうするしか、ないじゃないか。だって、この子だけが、この子だけが、僕の、命の、重さ、その存在《もの》なのだから。

それから数日後、三社の金融機関から確認の電話が有った。葉子が帰宅して、直ぐに総一郎から電話連絡があり、三社の申し込み内容を聞かされた。僕はその内容に沿って、金融機関からの電話による質疑応答に答えた。金額は、確か三社で五百万と少し位だった様に思うが、もう、その辺りの事は、記憶として、僕の中では霧のように曖昧なものになっている。確認の電話から更に数日後、入学式を明日に控えたその日、僕は礼子からの連絡を待っていた。着ていくのは、矢張りダブルのスーツしかない。しかし、この身体で礼子に会うのは、とても憂鬱な気分だった。引き出しに入れていた現金八万円を財布に移す。もう、これがこの時の僕の全財産だった。そんな事をしていると、携帯が鳴る。僕は携帯を取り上げ、葉子が張ってくれたシールに目をやった後、通話ボタンを押した。

「もしもし、慎也くん、ありがとう、全部ＯＫ出て入金あったわ」

「そうか、良かったな」

何時になく愁傷な礼子の物言いに、僕の中で違和感が膨らんだ。

「まぁ、後は好きにして」

「好きに、って、何を」

「いや、だから、支払やんか、払わんかったらブラックなるってこと、私らみたいにな」

「え、お前、ブラックって……」

「そうや、あんたがやらかした事の所為でな、今、うちの家族は、誰も、金融関係と取引できんのや」

「えっ」

「あんな事やらかしたあんただけが、ブラックじゃないなんて、それは卑怯やろ」

「じゃ、お前ら、最初からそのつもりで」

そうは口に出して言ったものの、僕にとってそれはある程度、想定内の事で、そんなに驚きはなかった。なんなら自分が支払ってもいい。このまま、このまま葉子に会わせてくれるなら。僕はそんな風に思っていた。

「でも良かったな、最後に葉子に会えて」

しかし、次のこの礼子の発言に僕の心は凍り付いた。

「ち、ちょっと待ってくれ、支払は別にかまへん、でも、あかん、あかんぞ！　葉子の事だけはあかん、約束は守ってもらうぞ」

「あはは、この前、あんたが葉子と話したいって電話掛けてきた時、私が一番に考えた事はなんやと思う」

「そ、そんな事、どないでもええんじゃ！　支払いはしたる言うてるやろ」

「私が考えたんは、何を、どの順番で、どうやったら、あんたが一番傷つくか、それを考えたんや、どうや、傷ついたやろ」

「お前ら、お前ら」

「保証人になって、支払を擦り付けられるくらいなら、あんたはそう傷つかん、あんたが一番傷つくんは、入学式や、葉子の入学式、来たかったんやろ、残念やな、あんな高いランドセル買うて、葉子がそれを背負ってる姿、見たかったやろな」

「お前、絶対に、それだけは、絶対に、赦さんぞ」

「あぁ、ちゃうねんで、私の所為と違う、だっておじいちゃんが、入学式行けるって、急に決まってな、流石におじいちゃんにはなぁ、あんた、どの面下げてくるわけ」

「じゃあ、あの手紙も、あの手紙も、最初からか」

「知らんなぁ、私は手紙の内容なんか知らん、まぁ、そういうことやから、ほんなら、元気でな」

神様、僕は、何の為に、生まれて来たのですか。

神様、僕は、何の為に、生きているのですか。

お母さん、貴女は何故、僕を産んだのですか。

電波と云う、目に見えない質《もの》が、目に見えない所で、ふっつりと切れると、もう、葉子と僕をつなぐものは、この世界の何処にも無かった。こんな風に、世界と自分とのつながりが消せるなら、どんなに楽な事だろう。僕は、泣いていた。あの時の様に、あの、犬を殺した時の様に、泣いていた。でも、少しも悲しいとは思わない。僕は、ピンホールの内側に、何時もの様に、何も感じないあの場所に居た。僕が泣いている、僕から離れた、穴の向こう側で泣いている。ここは、居心地がいい、騙されても、傷つけられても、ちっとも悲しいとは思わないのだから。もう、ここから出るのは辞めよう。そうだ、ここがいい。この、肉で出来た檻の中で、やがて訪れる、死を待てばいい。それで、いいじゃないか。

「さようならだけが人生だ」

いつかの雑誌で取り上げられていた、居酒屋で仲間と飲みながら、戯れに太宰が口にしたと云うそれが、何時までも。何時までも、鳴りやまないオルゴールの様に、何もない部屋の天井を、クルクル、クルクルと、回り続けていた。

さようならだけが、人生だ。

肉の監獄　上

了

## 参考文献


○藤井正雄『お経がわかる本（わが家の宗教を知るシリーズ）』（双葉社）

○春山茂雄『脳内革命―脳から出るホルモンが生き方を変える』（サンマーク出版）

○スティーブン・ホーキング『ホーキング、宇宙を語る―ビッグバンからブラックホールまで』（早川書房）

○葉室頼昭『神道と日本人』（春秋社）

マルムス（まるむす）

昭和41年生まれ

平成22年頃より、小説サイト、Eエブリスタにて、本作品の執筆を機に、文筆を志す。

代表作に、「心霊よもやま話」「Shangri-la」「黄色いりんご」等があり、現在もEエブリスタにて、精力的に連載中

【表紙・絵】　田野　敦司

肉の監獄 上

2016年4月10日発行

著　者　マルムス
発行所　ブックウェイ
〒670-0933　姫路市平野町62
TEL.079 (222) 5372　FAX.079 (223) 3523
http://bookway.jp
印刷所　小野高速印刷株式会社

ISBN978-4-86584-109-1